La vie en relief

Philippe Delerm

La vie en relief

Éditions du Seuil
57, rue Gaston-Tessier, Paris XIXe

IL A ÉTÉ TIRÉ DE CET OUVRAGE TRENTE EXEMPLAIRES
DONT VINGT-CINQ EXEMPLAIRES DE VENTE
ET CINQ HORS COMMERCE NUMÉROTÉS DE H.C. I À H.C. V
CONSTITUANT L'ÉDITION ORIGINALE

ISBN 978-2-02-134286-4 (éd. brochée)
ISBN 978-2-02-146874-8 (éd. de luxe)

www.seuil.com

Mais les paysages que tu as connus
Comme les sensations sont inaltérés
Dans l'air immobile d'un été parfait
Tu avancerais te sentant comblé
Par toutes les saisons qui t'ont précédé
Et toutes celles qui te succéderaient

Dominique A.

Je ne suis pas de mon temps. Je suis de tout mon temps.

Je veux être de tout mon temps. En écrivant ça, j'ai simplement l'impression d'encourager une disposition, quelque chose qui vient avec les années, une forme de plénitude plutôt étonnante. Car l'âge me rend par ailleurs plus fébrile, plus maladroit, plus raide, plus irritable à la moindre contrariété matérielle. Mais, et comme en regard, je sens une amplification, une mise en perspective de différentes strates de la vie, une mise en abyme. Une opération qui n'a pas de nom algébrique. Une addition qui se transforme parfois en multiplication. C'est cela qui m'intéresse, et change la texture du présent. Comment l'addition se transforme en multiplication. Comment tout ce qui devrait peser étroitement devient plus large et plus léger.

Caramel beurre salé. Café. Speculoos. Marron. Pain d'épice. Crème brûlée. Tiramisu. Cookie. Pistache. Réglisse. Je vais vers ces parfums de glace, quand la carte du restaurant, les casiers ouverts du glacier de plein air les déclinent en nuances étonnantes ou classiques. J'aime les associer – pas plus de deux quand même, après la confusion s'installe. Pourquoi d'emblée aller vers ce registre-là, ces camaïeux d'automne et de sous-bois, cette tonalité comme en retrait, pourquoi trouver que la subtilité est là, l'idée d'une chaleur au cœur du froid, des sensations bémolisées, une chance de différence ? Est-ce biologique, ou culturel ?

Quand j'étais enfant, je trouvais que praliné, vanille et même chocolat étaient des parfums pour les vieux. Le pire, c'était plombières. Rien que le nom, si bourgeoisement français. De la vanille fade incrustée de petits éclats de fruits confits. Un raffinement pour l'ennui gourmé des fins de communion solennelle. Déjà la vanille fond dans le plat trop grand. Mes premiers rêves de glaces étaient tout le contraire. Libres et ensoleillés. Sur le trajet de retour du lycée, à douze ans, j'avais vu la réclame pour des Esquimau à l'eau. Trente-cinq centimes. Oui, en fouillant bien dans mes poches, je pouvais trouver trente-cinq centimes. Deux parfums seulement : orange et citron, comme pour le soda Pschitt. J'avais dû jouer au foot à la sortie des cours. Glace à l'eau. Tout le reste était rejeté dans une épaisseur crémeuse, lourdement aseptisée. Le bonheur, si léger, c'étaient l'orange et le citron sur bâtonnet, juste un peu translucides, et qui laissaient filtrer à leur sommet une lumière auréolée de pur désir. Un impalpable velouté blanc de trop de froid à la surface, et puis vite la langue allait vers l'idéal, la matité de la couleur, la précieuse fragilité de la consistance – parfois, un morceau de banquise se détachait trop vite. Mais tout à la fin, l'orange et le citron se resserraient en frange étroite autour du bâtonnet, et l'on pouvait lisser à l'infini l'oblong délice du dernier glaçon de fruit.

Après, mais bien après, il y aurait les bâtonnets framboise, fraise, un stupéfiant pouvoir de retrouver par tous les temps les fruits qu'on mangeait seulement l'été. Mon vrai désir de glace a gardé ces couleurs : orange, citron, fraise, framboise. Ils me semblent toujours les plus forts, les seuls capables d'apaiser la soif qui vient après une partie de foot. Pourquoi choisir désormais le retrait, le café-speculoos ? C'est mystérieux. En essayant d'épuiser la quintessence décalée, trop civilisée de marron-pain d'épice, je tiens toujours par en dessous l'éclat de la framboise et du citron, comme si les parfums ne s'étaient pas substitués les uns aux autres, comme s'ils s'étaient enrichis, comme si l'idée même d'abolir la fraise et l'orange au moment de se décider pour caramel beurre salé-crème brûlée était une façon de tout déguster ensemble en faisant semblant de se résigner. Il y a le soleil de l'orange et du citron dans le sous-bois du caramel beurre salé.

Ça vient comme ça, à l'adolescence, dans la barbarie d'un gymnase. Celui de mon lycée était particulièrement étroit, austère. Mais tous les gymnases sont les mêmes. Dans la dureté sournoisement élastique des matelas de caoutchouc empilés sur le sol sous les agrès, dans le demi-jour exsangue, la lumière d'aquarium qui passe par les vitres poussiéreuses. Je n'aurais sûrement pas éprouvé cela si j'avais été plus souple, plus fort des bras. Mais au-delà de l'exercice désagréable qu'il faudrait affronter, d'avance confronté à l'échec, je sentais une vérité, une âpreté irrémédiables. La barre fixe, les barres parallèles, et même le simple tapis de sol où j'exécutais dans une contorsion douloureuse une roulade ridicule me disaient bien plus. Des attentes infinies dans des lieux mornes, une désespérance cruellement distillée, une asphyxie. Je m'effaçais du mieux que je pouvais, feignais de me préparer à l'exercice, et du coin de l'œil attendais que le professeur d'éducation physique s'intéresse à un autre élève, un autre agrès. Bien sûr, plus tard, il y aurait une note donnée pour une prestation catastrophique. Mais c'était plutôt une délivrance. Ce qui comptait, c'était avant, et cette certitude désolante : quelqu'un, quelque part, vous demanderait toujours quelque chose qui allait contre votre nature, vous mettrait dans une situation irrémédiable. Et vous vous sentiriez en faute. Je haïssais cette odeur de sueur et de chaussettes, tout ce vert pâle, le cliquetis des barres parallèles, l'hypocrisie du cheval d'arçons, polochon de cuir pervers où je m'enfonçais pitoyablement, quand d'autres trouvaient prétexte à s'envoler.

C'est étrange. Tellement plus tard, en accompagnant la fin de vie de quelqu'un que j'aimais dans un EHPAD, j'ai retrouvé ce que je ressentais dans le gymnase. L'odeur ? Pas vraiment. Si l'on excepte les recoins où la suspicion de l'urine se trouvait trop tôt confirmée, l'EHPAD sentait surtout le désinfectant, une espèce de fausse asepsie. Mais davantage surnageait cette sensation de confinement sans espoir, dans une tonalité sourde.

Il y en a plein dans une vie, des lieux et des journées comme ça, des salles d'attente ouvertes au vent, des chambres d'hôtel capitonnées de blafardise et d'ennui, des couloirs de lycée balisés de crochets portemanteaux, des wagons pas chauffés. Au bout, des examens ratés, des enterrements froids, des mauvaises nouvelles, des maladies annoncées. Tous ces demi-sommeils glissant vers le désagréable ou le désespéré. On les vit tous en même temps quand on les vit, dans une étonnante résignation. C'est ce qui permet de tout supporter, presque de se lover dans la mauvaise volonté de la lumière glauque. On a beau se diluer, on ne s'efface pas, on se sent responsable, on ne sait pas pourquoi. Dans la barbarie de tous les gymnases.

Je n'aurai jamais mon bac. Une fixation mentale, une obsession. Cela peut paraître un peu étrange aujourd'hui, où ce diplôme a tant perdu de son prestige. Le mien, celui de 1969, n'était pas une montagne infranchissable. Il y eut un peu plus de soixante pour cent de reçus. Mais j'avais des raisons objectives de redouter ce couperet. J'avais séché le cours d'histoire et géographie toute l'année. Surtout, j'étais vraiment très nul en maths, et, à l'oral, et quoique dans une série littéraire, je redoutais une note éliminatoire. Toute l'année je m'étais préparé à cette échéance. En étant amoureux de filles qui ne m'aimaient pas, ou pas vraiment. Et en développant une conscience politique que ma quasi-indifférence à l'égard de Mai 68, quelques mois plus tôt, n'annonçait guère. Mais c'est ainsi. Je chantais *L'Internationale*, j'allais crier « Non au procès politique ! » sous les fenêtres du proviseur quand mon copain Gersaint passait en conseil de discipline pour actes subversifs. À Bobino, j'avais la chair de poule quand Léo Ferré chantait *C'est extra*, mais surtout quand toute la salle reprenait avec lui « Ce cri qui n'a pas la rosette, cette parole de prophète, je la revendique et vous souhaite ni Dieu ni Maître ! ». Et je me voyais bien partir en Bolivie pour aider un peu la révolution, et saisir le témoin que Che Guevara m'aurait transmis.

Quand les beaux jours du printemps 69 sont arrivés, je me rappelle une alchimie précieuse, une espèce d'euphorie mélancolique. Je me sentais très bien dans mon corps.

Depuis la plus petite enfance, j'éprouvais l'indéfinissable pouvoir de ne rien faire en devenant les choses, en me diluant dans l'air léger des matins de juin, en retroussant les manches de ma chemise. Et l'examen s'approchait inexorablement, date fatidique qui ne m'empêchait pas de vivre, mais multipliait au contraire la saveur de tous les instants, comme si leur disparition possible – après le bac, il n'y aurait plus rien – leur conférait une éternité magique, un tout petit peu triste.

J'ai gardé cela. Les beaux matins de juin, je les vis toujours avec l'intensité de ces jours-là, avec la certitude que je n'aurai jamais mon bac. Je veux préserver cette inquiétude, pour rien au monde je ne voudrais m'en défaire. Comme on peut saluer la chance d'avoir gagné au loto, je ressens comme une faveur accordée ce qui ne devrait être qu'une illusion. Ce n'en est pas une. Je suis fait ainsi. J'associe presque toujours la reconnaissance du bonheur à une crainte, qui lui donne, avec le sentiment de sa fragilité, une ampleur supplémentaire. À la consistance la plus physique des premiers matins d'été, la chaleur, la lumière, j'ai associé pour toujours la peur du bac. J'ai encore à le passer. J'ai encore tout à passer.

Aller à la gare à pied dans la nuit d'hiver. Traverser la cité Malhère, cet ancien coron de l'usine de dentelles. Six heures quarante-cinq. Les lumières sont rares. Presque toujours un néon cuisinal, des gestes autour de la cafetière. On croise un lycéen qui s'en va vers le car de ramassage. On souffle son haleine devant soi. On se sent fort, sac sur l'épaule, on marche vite, on déclenche des aboiements qui s'estompent aussitôt. C'est bon de précéder le jour, de se sentir en action quand rien n'a commencé. Jamais le corps n'est plus libre.

On a l'impression de vivre deux époques à la fois. Les maisons austères du coron renforcent cette sensation de revenir à une ère ouvrière où celui qui errait par les rues était, peut-être, un colporteur, un chemineau. Comme la vie moderne a dilué la régularité des heures de réveil, on peut de nouveau s'imaginer marginal dans une ville fantôme. Aller à la gare à pied n'en devient pas pour autant un grand exploit, mais quand même, on est presque aventurier. C'est un plaisir physique d'éprouver la certitude que les autres dorment encore quand on se sent si délié, quand le froid semble juste une provocation pour éprouver l'intensité de son engagement dans l'espace. Au loin, la lumière de l'Hôtel de la Gare vient de s'allumer. Quand on marche seul dans la nuit d'hiver, on pourrait presque jouer encore à « on aurait dit qu'on serait… ». On est plusieurs et seul, c'est bien.

C'est à la fin d'une fête familiale. Un enfant s'endort sur un canapé, ou même sur un coin de chaise, le visage appuyé de travers contre le dossier. On dit « Regarde ! » et c'est vrai, c'est beau cet abandon. On dit « Il doit être mal comme ça ! ». On dit « Mais non, laisse-le, il est bien ! ». On dit « C'est beau, cette confiance ! ». Oui, cette incroyable confiance, cette infinie distance, cette souplesse et ce talent pour se lover, pour faire de l'inconfort un confort si profond. Il ne se méfie de rien, il s'abandonne. On idéalise un peu cette façon de s'embarquer dans le sommeil – comme si l'on était responsable de cette paix, comme si on lui avait ménagé un monde où il n'y a rien à redouter. En même temps, on sait bien. Ce que l'on contemple, un sourire attendri aux lèvres, c'est tout ce que l'on a perdu, un pouvoir de partir complètement ailleurs dans le sommeil, sans rien des combinaisons baroques qui font la trame des rêves adultes à fleur d'insomnie – ceux dont on se souvient au réveil, dont on est soulagé de s'extirper.

Oui, c'est beau cette confiance, si souvent retrouvée dans les landaus, dans les poussettes, et même quelquefois sur les épaules, quand la marche a trop duré. Tellement à l'opposé du sommeil des personnes âgées. Pas leur assoupissement devant un téléviseur, dans un fauteuil après le repas, ces petits endormissements qui leur donnent une hébétude peu décorative dont elles s'excusent en se réveillant, conscientes d'avoir livré d'elles-mêmes une image peu valorisante. Mais le sommeil profond du cœur de la nuit, au fond de leur lit, quand elles sont malades, ou très proches de la mort, quand il faut les veiller sans qu'elles le sachent. Alors, et malgré soi, on pense à l'endormissement des enfants, des bébés, étonné de cette crispation des vieux qui semblent le jouet d'une tourmente irrémédiable, d'une cruauté qui les déchire et ne leur laisse pas de répit. Ils geignent, ils se retournent, et rien n'y fait. Souffrent-ils d'un mal qu'ils dissimulent de leur mieux le jour ? Pourquoi sont-ils aussi incroyablement tendus ? Ils ont fait leur chemin, accompli un destin – une forme de sérénité devrait leur venir, au bord de tout quitter.

C'est beau, l'abandon des enfants. Mais elle est belle aussi la crispation extrême des vieillards. Ils vont quitter la vie, tout ce que fut la vie. Et la vie est immense, et ils s'y noient, et ils ont peur.

À Venise, au bout du Campo San Polo, il y a un cyprès devant l'abside de l'église. Tout près, un réverbère. Le soir, avec la profondeur de l'ombre, le cercle de lumière sur la brique au fond, la sensation est presque indiscutable : on est dans un tableau de Magritte. La première fois, sentiment étrange, car juste à côté, au cœur de la place, était installé le cinéma de plein air. Par-dessus les gradins, on voyait un bout de l'écran, l'image en noir et blanc, la voix familière de Mastroianni, *Divorce à l'italienne*. De toute façon, le Campo San Polo n'est jamais silencieux, les soirs d'été. Il y a toujours des enfants qui jouent, s'enivrent de l'espace immense, pendant que les parents s'attardent à la terrasse de la Birraria La Corte. Tout au centre, le puits ceinturé de larges marches est le refuge et le point de départ de toutes les galopades volées au sommeil.

Curieusement, Magritte est bien, ici. Davantage que dans un musée ou devant un livre d'art, on a le temps de s'imprégner de son mystère. Avec les surréalistes, on se demande si les choses sont les choses, si une pipe est une pipe. Cette hésitation, cette mise en scène du réel sont bienvenues dans une nuit dont on a la certitude qu'elle restera chaude, dans une volupté presque trop rassurante. Magritte invente au cœur de Venise une clairière de silence, éveille une immobilité, suspend les rires des enfants dans la nuit verticale. C'est comme une lévitation. On abandonne toute pesanteur, et un sourire vient aux lèvres. On reconnaît. On devient. L'art n'est plus un sujet compartimenté, la peinture un objet de musée. Magritte entre dans la nuit chaude de Venise, comme il entre dans notre corps. On le vit. Qu'est-ce que la silhouette de l'arbre presque noir, qu'est-ce que le mur à demi éclairé ont à nous dire ? Sans doute qu'en dépit de la précision japonisante des formes, l'écart entre la ville et le sommeil, l'écart entre le rêve et la réalité sont le décor d'un silencieux théâtre où tout pourrait glisser, passer. Sentir qu'il y a cette présence. Sentir qu'il y a des présences, que certaines resteront secrètes, que d'autres émergeront peut-être. Trouver, chercher, sentir, attendre.

Être à l'extérieur, dans un jardin, ou une cour, ou même dans une rue. Plonger le regard dans l'intérieur d'une maison, et voir qu'au bout, de l'autre côté, un autre jardin se dessine dans une autre fenêtre. J'ai toujours aimé ça, surtout si l'intérieur est ancien, chaleureux désordre, terrier, poutres, bouquins et cheminée, plaids à carreaux sur des fauteuils usés, lampe basse, une poire sur la table et des noix dans un compotier. C'est un geste de voyeur et j'ai toujours aimé pratiquer ce voyeurisme-là. Étudiant, je faisais mes délices du métro aérien, des appartements pénétrés dans la gifle de quelques secondes. La ville de rêve pour ce succulent espionnage est Amsterdam, le long des canaux les plus riches, Herengracht, Keizersgracht. La hauteur des plafonds y est beaucoup trop solennelle pour moi, mais le regard se focalise en bas, sans jamais de rideaux – sans doute une persistance de l'attitude protestante qui veut qu'il n'y ait rien à cacher, et tout autant l'arrogance de montrer.

Mais bien sûr, je préfère les vieilles maisons bourgeoises, les longères, être par le regard dans deux jardins, et tenir en même temps tout l'intérieur. Ma maison est comme ça, et ce que je goûte le plus au monde, c'est d'être voyeur de chez moi. Le jardin de devant est comme un préambule, une courtoisie avec la rue. Plus d'un autochtone y voit cependant déjà les signes regrettables de la négligence. Mais quoi, c'est une maison d'artistes. Seuls mes familiers connaissent le jardin de l'autre côté, tout cet espace jusqu'aux granges anciennes, qui datent de l'époque où la maison était une ferme. Les plus vieux habitants du bourg me disent quelquefois : « Je venais chercher le lait chez vous. »

Mais quand je suis voyeur de chez moi, je ne regarde pas vraiment les choses. Ce qui me donne une sensation de plénitude absolue, c'est l'infini limité. Un jardin. Un intérieur. Un jardin. Le dedans entre deux dehors. Ce luxe faramineux ne valait pas très cher, et ne vaut pas davantage. On me l'a dit souvent : « Votre maison est trop dans le bourg pour plaire aux

Parisiens, et trop vieille pour plaire aux gens du bourg. » Parfait.

Curieusement, je retrouve la même respiration mentale dans certaines toiles de Vilhelm Hammershøi, peintes dans son appartement de Copenhague. On voit parfois au premier plan l'encadrement d'une porte, le volume d'une première pièce esquissé par deux cadres sur un mur, une flèche de soleil – on y devine la danse de la poussière blonde. Dans la deuxième pièce une femme de dos, dans une demi-obscurité, et devant elle un autre encadrement de porte, et tout au bout une troisième pièce avec de hautes fenêtres à petits carreaux donnant sur la rue. La longueur du regard et le désœuvrement, toute la profondeur de l'ici inventée par l'ailleurs de la fenêtre au bout des choses.

Quand depuis la rue, à travers la grille, j'aperçois la petite table de fer bleue, les chaises aux lattes de bois de la même tonalité, entre myosotis et bleu charron, elle me parle, je la trouve parfaite. C'est bien sûr aussi son installation sous le grand cerisier, devant le pan de mur de la maison couvert de vigne vierge. Il y a toujours un objet ou deux qui traînent sur la table, un sécateur et un bouquin, ou bien un jeu d'échecs qui attend ses joueurs. Je n'aurais pas pensé a priori que ce bleu se marierait aussi bien avec tous les verts, avec cette sensation de léger abandon. Les maisons anciennes sécrètent un pouvoir, on sent qu'elles aiment qu'on installe ainsi des lieux de vie rituels et changeants, où l'on peut aussi bien écrire, prendre le goûter, ou se toucher les coudes pour dîner à quatre.

De près, la table est assez abîmée, les chaises écaillées, il faudra bientôt les repeindre. Le soir, on doit les replier, les ranger sous l'auvent. J'en ai d'autres, presque de la même couleur et de même structure, mais les lattes sont en matière plastique. Leur différence n'est pas si flagrante, et elles sont plus pratiques, on peut les abandonner sous la pluie. Mais elles sont beaucoup moins jolies.

Pourquoi ? Ce qui est plus commode, plus confortable, est presque toujours moins beau. Il semble que l'esthétique des matériaux soit discréditée par leur fonctionnalité. Malédiction ? Mais c'est peut-être surtout que le peu pratique engendre davantage de gestes, inutiles en apparence, mais qui tissent entre les choses et nous des servitudes, et une histoire aussi, un compagnonnage, une façon de les considérer et de les habiter. Il faut repasser le coton et le lin, mais leur matière est tellement plus vivante, plus sensuelle que celle des tissus synthétiques. Même nos corps le sentent, et n'y transpirent pas de la même façon.

Un mince sentier de gravillons bordé de pierres entre des fleurs, de l'herbe, est comme une conversation. Un vaste espace gravillonné bordé de deux plates-bandes de gazon ras est mortifère. La vie s'est retirée, a renoncé, c'est beaucoup plus pratique et c'est très laid.

Le rituel des contraintes amplifie l'instant, nous demande un effort et nous offre en récompense du plaisir.

Elle a dû être très belle. On dit ça, on entend ça, souvent. La phrase vient toujours très vite, comme si l'on éprouvait ainsi la nécessité de mettre une étiquette sur le mystère d'une révélation, d'un rayonnement qui dérangent, prennent de court nos possibilités de classement, laissent flotter une séduction embarrassante dont nous percevons mal les limites et les frontières.

En situant cette beauté exceptionnelle dans une époque révolue, dans une mythologie vague où les soirées mondaines, les apparitions des vedettes du cinéma ou du music-hall se manifestaient sur papier glacé, dans un apparat somptueux mais rigide et presque carcéral, nous résolvons une énigme, et nous nous arrogeons la fausse subtilité d'une analyse apparemment gratifiante – même si nous sentons bien que nous

nous en tirons à bon compte. Car elle n'a pas *dû être* très belle. Elle *est* toujours très belle, d'une beauté qui nous désarme en ne délimitant plus son champ d'action. Ce magnétisme qu'il est commode de ranger dans le tiroir des charmes surannés, nous sentons bien qu'il émet ses ondes sur la planète Aujourd'hui.

Car on le sait en la voyant, on ne peut être aussi profondément belle sans le vouloir. Mais dans son cas, cette volonté-là n'a pas grand-chose à voir avec la peur, la crainte ou la mélancolie, avec les armes à double tranchant de la course contre le temps, les stigmates aisément décelables et redondants de la chirurgie esthétique. C'est cela qui fascine, interpelle. Elle n'a pas lutté contre. Elle a cheminé vers ce que tout son être traduit sans donner la moindre clé : non pas sa différence, mais sa singularité.

D'ailleurs, nous ne sommes pas si sûrs qu'elle était si belle que ça autrefois, pas en proportion en tout cas de ce qu'elle est. Si nous pouvions voir des photos, des images filmées de sa jeunesse, nous serions peut-être surpris de la trouver presque fade. Et malgré le rassurant « elle a dû être très belle » que nous jetons en paravent pour simplifier les codes, nous pressentons qu'elle n'était pas si parfaite.

Il faut se résigner à son pouvoir : sa lumière est née de toutes ses années. C'est bien normal que quelques mots précipités nous soient venus pour dissiper une admiration proche de la gêne. Car sa présence met à mal ce qu'il y a en nous de plus politiquement correct : notre conscience du temps, l'idée à la fois angoissante et rassurante que tout passe et se défait, qu'il y a là la seule égalité possible entre les humains.

Le sens que nous prêtons à la beauté d'un homme, d'une femme, c'est le désir. Exister dans le regard de l'autre, rester désirable, cela nous le concevons sans peine. Mais avec celle dont nous disons « elle a dû être très belle », nous sentons bien qu'il s'agit d'autre chose. Une espèce de décantation, d'harmonie nées de ce qui d'ordinaire flétrit : le passage des jours, devenu chez elle le contraire d'une usure, une confirmation de soi à soi. Elle n'a plus à séduire. Elle éclaire et séduit. Elle est comme un désir de son voyage.

« Elle songeait quelquefois que c'étaient là pourtant les plus beaux jours de sa vie… » Début du chapitre 7 de *Madame Bovary*. J'ai scellé ma vie professionnelle avec ce texte. Oral du Capes de lettres 1974. Il fait beau, très chaud. Une salle de classe du lycée Janson-de-Sailly. À la table du jury, une femme, deux hommes. À leur sourire, leur façon de bouger, je n'ai même pas le temps d'avoir peur. Je sens que c'est gagné. Ma lecture passe comme dans un rêve. Ma voix ne tremble pas pour la lenteur des passages de déréliction, les prémices, dans la conscience d'Emma, du bovarysme, ce vague à l'âme dont Flaubert se moque mais qu'il aime aussi – et c'est toute l'ambiguïté envoûtante du roman. L'exaspération des phrases au style indirect libre est si simple à mettre en valeur ensuite, un morceau de bravoure : « Mais il n'enseignait rien, celui-là, ne savait rien, ne souhaitait rien. » Le rythme ternaire est un délice en bouche, avec cet alentissement du troisième temps, pour l'apogée de la subtilité : « et elle lui en voulait de ce calme si bien assis, de cette pesanteur sereine, du bonheur même qu'elle lui donnait ».

Voilà. Petit temps mort avant l'explication. Nouveaux sourires. Déploiement plus marqué des corps. Il est très tard, je dois être leur dernier candidat avant le déjeuner. Mon explication du texte ? Elle semble presque superflue. De temps à autre je relève la tête, et leur approbation tombe comme une évidence. C'est euphorique, cette sensation qu'un moment tant redouté peut se jouer dans une confiance absolue.

Et un peu étrange. Ce bonheur que je suis en train de gagner pour tout un chemin de vie me vient par la dissection de l'état de mélancolie. Madame Bovary, c'est moi aussi. Elle rêve d'extases de midinette, s'offusque que Charles ne sache pas expliquer un terme d'escrime, ne soit pas curieux d'aller voir passer dans la rue les comédiens du théâtre de Rouen. Mais sa tristesse est belle, commence à embrumer Emma ici pour la suivre jusqu'à la mort. Je viens de jouer avec elle, et de gagner sans presque avoir combattu. Elle ne sait pas encore qu'elle a perdu.

On en voit dans les vitrines rutilantes où sont exposées les bouteilles d'alcool. C'est beau, ces théories de couleurs chaudes, tous ces dégradés de l'ambre au mordoré, avec çà et là du rouge éclatant, de l'orange flamboyant, Apérol-Campari, et même le bleu saugrenu du curaçao. Mais la dominante va aux sauvageries britanniques, à la tourbe et au vent captifs qui flambent, apprivoisés, dans une tonalité de feu de cheminée au fond d'un pub, à l'abri des tempêtes. Il y a aussi ces flammes différentes des cognacs, des armagnacs, dont les bruns et les fauves s'arrondissent hypocritement dans des flacons plus évasés, une brutalité secrètement sucrée. Et puis les alcools blancs. Framboise, poire, prune. Ces mots prennent un pouvoir nouveau sur la petite étiquette. « Eau de vie », déjà. Une eau urgente, essentielle, une eau pour brûler dans la vérité décantée. Le *v* de *vie* y déploie une force à la fois de pureté révélée et d'agressivité *vénéneuse*. Mais c'est une eau-de-vie *de*… À l'origine il y a un fruit, une couleur, une saison. Framboise de début d'été, texture de velours, arôme sombre. Prune du plein août, chair douce à peine tiède. Poire alanguie dans la forme et le fond, sensualité grenue de l'arrière-saison. L'eau de cette vie serait la mystification d'un fruit, ou bien sa quintessence.

Dans les romans de Simenon, le docteur Pardon fait goûter à Maigret son eau-de-vie de prune, *elle n'est pas mal*. C'est plutôt un rite de l'hiver, tout à fait en fin de soirée, quand on n'éprouve plus guère le besoin de parler. Le commissaire trempe ses lèvres, opine sans un mot. De la prune. La représentation mentale s'instille dans chaque geste, chaque élément du décor, le cercle de la lampe basse, la fatigue du jour. Il faut bien sûr que ce soit un alcool, quelque chose de fort. Au bout du jour viennent cette torpeur et cet acquiescement. Juste avant d'aller se coucher, on approuve l'irruption d'une intensité inégalable, comme une consolation à toutes les petites entraves du quotidien, les quarts d'action, les demi-mesures, les ébauches de décision. Souvent, la maîtresse de maison propose une tisane ou un alcool, comme s'il y avait un cousinage entre ces deux manières antinomiques de tuer la fin de fin du jour. Mais la tisane de la vie, on a déjà pas mal donné, merci. Alors un alcool. Envie de subir une agression dans le recueillement, la transparence, le silence.

La prune. On en sent vaguement le goût, mais bien plus nettement l'idée de sa distillation, de sa métamorphose. L'odeur de ces prunes d'ente écrasées par les roues des charrettes, dans la ferme de mes grands-parents, au début des années cinquante. L'incroyable chaleur du Tarn-et-Garonne l'été, quelque part près de Caussade. Manger les fruits serait beaucoup moins grand qu'en éprouver le sens dans l'eau-de-vie. C'est à la fois comme un mensonge et une vérité plus absolue. Plus intense que le fruit, le désir du fruit. La transparence des alcools forts.

Dans la ferme de mes grands-parents, aux soirées les plus chaudes, on sortait la longue table pour dîner. Les canards poussaient quelques coin-coin outragés, et puis s'adoucissaient, venaient vous frôler les jambes, et profitaient des miettes. La lune montait. Pas plus qu'à l'intérieur, ma grand-mère ne s'asseyait une minute, s'affairait de la cuisine à la basse-cour, menue, inquiète. J'avais neuf ans, dix ans. Les hommes prenaient des voix de conspirateurs pour évoquer le grand sujet : les bouilleurs de cru. Je ne posais pas de questions. Ces mots bouilleurs de cru revenaient, chargés de mystère, de regret, de précautions, de transgressions allusives. Je sentais tout cela sans y comprendre rien, dans l'âpreté des phrases. La ferme de La Bénèche plongée dans la nuit d'août devenait aussi mystérieuse que la taverne de l'amiral Benbow dans *L'Île au trésor*.

Aujourd'hui je sais un peu. En 1960, une loi avait aboli le privilège des bouilleurs de cru, cette autorisation de distiller le contenu d'une vingtaine de bouteilles d'alcool. Dans une France encore très paysanne, le couperet tranchait à vif. Les instances politiques évoquaient le fléau de l'alcoolisme, mais les cultivateurs amers et goguenards voyaient là surtout la victoire du lobby des spiritueux. Cette abolition d'un privilège semblait bien peu républicaine. J'entends encore cette gêne palpable des propos de La Bénèche, où devaient sourdre la révolte et le triomphe madré des solutions cachées, tous ces mots alambiqués qui dissimulaient l'alambic sous les fagots d'une sorcellerie naïve.

Si longtemps après l'abolition de ce privilège qui restait en travers de la gorge de mon grand-père, je perçois mieux l'enjeu. J'écris. Je remplis mes bouteilles en douce. Ce n'est jamais réglementaire. De la vie transparente, on peut rêver de faire un alcool fort. C'est ça, mon vrai métier : bouilleur de cru du temps qui m'est donné.

C'est un geste que l'on n'aurait pas fait si l'on marchait tout seul sur le trottoir. Mais on est avec un enfant. Alors on shoote dans la capsule de bière, distraitement en apparence, et comme par réflexe. Ce n'est pas tout à fait par hasard, ça ressemble à une passe. Tout de suite une petite satisfaction à opérer ce raclement, à susciter cette résonance métallique, presque argentine. Mais on n'a pas le temps de s'interroger davantage. Votre partenaire de balade n'a pas hésité une seconde à lire dans votre coup de pied une proposition, une invite. Pas besoin de mots pour ça. On joue au foot. Enfin, on continue à avancer, on est un peu en retard, et puis on ne va quand même pas se fabriquer des buts sur un trottoir, même désert. Mais on s'envoie la capsule, très approximativement, avec des maladresses consenties qui font partie du plaisir.

C'est le bruit qui rappelle des choses, bien sûr, ce tintement tour à tour acidulé ou concave, suivant que la capsule se laisse entraîner côté pile ou côté face. On n'avait pas toujours de ballon, ni même de balle. Le plus souvent, on jouait avec une capsule trouvée dans le caniveau. Parfois avec une gomme aussi, ou une paire de gants de laine roulés en boule. Ça fait partie de la magie du foot de sublimer quelques éléments précaires, soudain métamorphosés par la précision connaisseuse d'un commentaire imaginaire. Aux quatre coins de la planète se pratique cet espéranto. Des sacs de classe, des anoraks, des pierres, des bouts de branche, tout accepte d'entrer dans le jeu, les stades inventés, les clameurs de la foule avec ce « aaah » modulé au fond du palais, la bouche ouverte.

Sur un trottoir c'est bien, parce qu'il faut abîmer ses chaussures pour que ça sonne vrai. Et la capsule de bière, c'est le mieux. Tellement rétive, tellement éloignée de ce qu'elle est censée représenter, elle prend un pouvoir poétique, avec sa couronne ébréchée. Et puis c'est sa mélodie syncopée qui fait le grain de la complicité. On est avec un enfant, on est enfant, ça va sans dire, à coups de pied glissés.

Il y a une magie du coup de sifflet, au début d'un match de football. L'urgence d'un présent absolu, qui ouvre le champ de tous les possibles, de combinaisons inédites, de gestes singuliers. On se tait le plus souvent, ou alors quelqu'un ose tout juste un « c'est parti ! » qui souligne l'ampleur du recueillement, de la convivialité, de l'attente. On ne part pas à armes égales. Chacun a son histoire du foot en lui, une montagne de souvenirs accumulés, une expérience du jeu. Mais il y a une émotion presque palpable à faire converger toutes ces mémoires différentes dans l'absolu du nouveau match. De fait, une dizaine de minutes jouées suffisent à rétablir des différences, à inscrire la partie dans une intensité inégalement vécue par les spectateurs, en fonction de leur âge, de leur implication dans l'issue du match, de leur tendance à juger la qualité globale du spectacle ou de rester, le cœur battant, à tout focaliser sur le moindre geste d'un joueur élu, d'un joueur que l'on devient.

Mais le coup de sifflet initial garde une pureté essentielle par ce pouvoir d'abolir et de ressusciter en même temps tout le passé de foot. Il va se passer quelque chose. Il doit. Le coup de sifflet convoque tous les matchs du monde. Le football est la seule religion planétaire. Pas besoin d'église, de temple, de synagogue, de mosquée. Un coin de cour, un terrain vague, un bout de plage, une rue déserte suffisent. Quand le coup de sifflet retentit, une onde souterraine gagne la partie qui commence. Toutes les sortes de matchs, des plus artisanales aux plus officielles, sont rassemblées. Des millions de spectateurs savent qu'ils vibrent ensemble. Mais la mise en abyme ne s'arrête pas là. Car chacun d'eux, à la seconde où le match débute, devient secrètement toutes les sensations, les émotions qu'il a éprouvées par le foot dans sa vie.

À cet instant, je suis une carte à jouer. Une carte qu'on gagne en achetant des chewing-gums. On est en 1959. Je ne connais rien au foot, mais dans la cour de l'école certains savent tout le prix d'un Raymond Kopa, d'un Alfredo Di Stefano. L'un est peut-être le roi de cœur, l'autre celui de carreau. Et l'as de trèfle, c'est l'équipe du Real Madrid. Reconstituer l'équipe complète semble une gageure. On peut gagner aux billes une de ces cartes nimbées d'un pouvoir surnaturel, surtout quand on ignore tout de ces vedettes.

Je deviens l'adolescent qui allait au Parc des Princes au milieu des années soixante. Je deviens le stade lui-même, avec ces gradins à claire-voie – en pénétrant dans l'enceinte, on aperçoit déjà la pelouse, ceinturée par la piste cycliste. Je deviens les milliers de matchs que j'ai vus, les milliers de parties que j'ai faites. Et je deviens ces enfants d'aujourd'hui qui jouent au foot le samedi matin sur un terrain de hand, en haut du parc de Belleville.

Bien sûr, aucune image précise de tous ces moments ne me revient, lors du coup d'envoi, quand je regarde *le* match. Ou quand, autre délice, je vais le regarder dans un bar à Paris. Mais l'intensité de cette première minute de jeu où il ne se passe encore rien cristallise dans une fausse transparence toute ma mémoire du foot. Qu'est-ce que ça pourrait bien me faire si je n'avais en moi jusqu'au détail le plus infime des instants traversés ? La façon dont mes semelles raclaient le sol de la cour du lycée ne se nomme pas mais elle est là, dans la première course de

Kylian Mbappé qui tente de se démarquer. Le foot est une religion du moi. On partage le présent du jeu, mais toute la dimension du plaisir se joue dans un travail secret de multiplication des réminiscences. Ce tir enroulé de Neymar ne serait rien si je ne lui offrais en perspective le presque même de Platini qui nous envoyait en Argentine pour le Mondial de 1978. Le foot est un présent très pur qui contient tout le passé.

Enfant, je n'aimais pas le cirque. Chez moi, on n'y allait jamais. Je ne me souviens pas même de l'installation d'un chapiteau, de la vague envie que j'aurais sûrement eue de voir les préparatifs, de désirer le spectacle. De temps en temps, à la télévision, je voyais *La Piste aux étoiles*, avec le nom de Gilles Margaritis écrit et clamé au générique. Je trouvais ridicule l'agitation frénétique du petit chef d'orchestre à casquette qui poursuivait son battement rythmique en se détournant de ses musiciens pour adresser à la caméra un sourire béat. Monsieur Loyal, c'était Roger Lanzac, un personnage tout en long, teint farineux, un vieux beau cérémonieux à l'écœurante obséquiosité. Les clowns ne me faisaient pas peur, mais ils ne me faisaient pas rire. Curieusement, j'avais lu avec passion un livre intitulé *Grock, ma vie de clown*, mais ce n'était pas le clown qui m'avait plu – seulement le destin singulier d'un personnage parmi d'autres qui racontait sa vie dans un volume de la Bibliothèque verte. Deux ou trois ans plus tard, la lecture du *Grand Meaulnes* lierait à la nature du cirque l'idée de secret – Frantz de Galais soulevant son bandeau pour se faire reconnaître par François Seurel et Augustin Meaulnes à la fin du spectacle – l'idée surtout d'une forme de pauvreté et d'errance assez lugubre. Quand Meaulnes, beaucoup plus tard dans le roman, reconnaît dans l'un des domestiques enrôlés lors de la fête étrange le clown blanc de la pantomime du cirque, il y a cette expression terrifiante pour qualifier sa maigreur « de cadavre ruisselant sur une dalle ». Et ce clown évoquant sa vie en roulotte dit : « J'ai voyagé, oui, mais je n'ai rien vu. » Il y aura Giulietta Masina et son enthousiasme mélancolique dans *La Strada*, « Le grand Zampano, le voilà ! ». Il y aura çà et là, dans des romans pour la jeunesse, dans quelques films, les éléments d'un univers balançant entre le désir d'imposer la féerie et l'installation d'un décorum opulent ou pauvret, mais toujours factice. Quelques mots se promèneront sur tout cela pour broder sur la broderie : « les yeux d'enfants, merveilleux, notre âme d'enfant ».

J'ai eu un enfant. D'emblée, tout ce qui touchait au spectacle fascinait Vincent. Le cirque surtout. Les troupes de passage venaient s'installer sur la place de la Poste au cœur de notre village. Dans la journée, une vieille camionnette passait dans les rues : « Le cirque Zapata, des clown-eus, des animaux-eus, des acrobat-eus ! » Des animaux. Une fois, une chèvre s'était enfuie. Elle était tellement nécessaire que le spectacle avait été interrompu, tous les gens du cirque s'étaient lancés à sa recherche. Ils l'avaient retrouvée, et on avait rallumé les lumières.

Au seul mot de cirque, Vincent devenait grave, le regard brillant. Quand nous arrivions sur la place, ses oreilles étaient rouges d'émotion. Souvent, une sono braillait. En attendant qu'un pan de la toile se lève, Vincent dansait sur place, habité, silencieux, le regard ailleurs. C'était la fin des années soixante-dix. Les cirques familiaux avaient du mal à vivre, mais nous n'avons manqué aucun de ceux qui passaient à Beaumont. Et puis Vincent a traversé les années qui l'ont mené vers son désir de devenir un cirque à lui tout seul.

Le premier enfant de Vincent, Sacha, a reçu cette passion en héritage. Dès qu'il venait en Normandie, nous cherchions. Une fin de semaine, à Barc, hameau proche de Beaumont, le *Hop en piste* est venu installer son chapiteau pour deux représentations, le samedi et le dimanche. Le samedi après-midi, attente fébrile sur la pelouse devant l'école. L'heure avançait. À seize heures quinze, huit spectateurs seulement. Un peu gêné, un employé s'est approché de nous : pas de spectacle. Pleurs de Sacha, tristesse de tous. Avant de reprendre la voiture, j'ai demandé au directeur un numéro de téléphone pour le rappeler le lendemain – trop dur d'imaginer revenir pour la même déconvenue. Coup de fil en début d'après-midi le dimanche : on ne pouvait rien promettre. Après concertation discrète, décision de retenter le coup. Aucun présage favorable à l'arrivée sur place, mais bientôt le cœur qui bat : deux voitures s'arrêtent, avec enfants à l'arrière. Et le miracle ; quinze fervents, la toile se soulève, la sono s'enclenche. J'ai des photos de Sacha ce jour-là. Tout au bord de la piste il se mange les joues, dévoré par une excitation intérieure presque insoutenable à regarder. J'ai rarement été aussi heureux.

On croit que l'on fait vivre des choses aux enfants, mais c'est l'inverse. Bouleversé par la passion du cirque de Vincent, de Sacha, je me suis senti naître et grandir à trente ans, à soixante. Ébloui. Traversé. Comme par une histoire d'amour qui ne ferait pas mal aux autres.

C'est fort, de sentir chez les enfants la force des choses. On ne les éprouve pas comme eux, sûrement pas aussi grand. Mais l'intensité de leurs sensations nous frôle. Bien sûr, on garde la blessure profonde de sa propre enfance. Bien sûr, quand elle remonte à la surface, c'est bouleversant, insoutenable. Mais je crois qu'après l'enfance, il y a les enfants.

Les approcher et sentir en même temps à quel point ils restent lointains, c'est ça la vie que j'aime. Devenir leur complice est une chance incroyable. Quand la caissière du supermarché me lance un petit sourire en enregistrant les vignettes Panini au milieu de mes courses, je fais l'adulte détaché : « Ah ! oui, les images de foot, c'est un commerce qui marche ! » Les apparences sont préservées. Mais je ne lui dis pas avec quelle fièvre je cherche dans les rayonnages les cartes super cracks, gants en or, trios infernaux. Je cache le désir de voir s'allumer une petite lumière dans l'œil de deux enfants que je connais. On n'est jamais floué à ce jeu-là. On reste sur le quai, l'idée du voyage n'en est que plus forte. L'enfant n'oublie pas de saluer longtemps tandis que le bateau s'éloigne.

Et puis il y a le pâté de lapin.

Un matin de septembre, dans mon collège. Ma salle de classe est la numéro 20, un petit préfabriqué à l'écart du bâtiment central. Il est chauffé par un poêle à fuel. Quand il gèle la nuit, la première heure est fraîche, et la dernière surchauffée. Mais c'est ma salle, je l'ai décorée avec des posters, des photos, des textes, pas un pouce de mur nu. Au-dessus du tableau, j'ai recopié en grands caractères, avec mon habileté de gaucher contrarié, une phrase du *Cercle des poètes disparus* : « Quelle sera votre rime ? »

Ce matin-là, nous étudions le poème de René Guy Cadou *Automne*. Il fait bon dans les mots de Cadou un matin de septembre. Pour approcher un peu plus la chair du poème, je tente de pénétrer l'intimité de mes sixième, suggère que certains doivent connaître une atmosphère particulière quand ils partagent un petit déjeuner dominical avec leur papa, avant de l'accompagner à la chasse. C'est peu dire que l'idée fait réagir Julien. Je vois encore l'éclat de son regard muscat quand il s'exclame :

« Oh ! oui, m'sieur, avec du pâté de lapin ! »

Je souris, approbateur et conciliant. Mais à la seconde même, je sens bien à quel point ce pâté de lapin entre en moi. « Oh ! oui, m'sieur, avec du pâté de lapin ! » C'est une phrase de onze ans, une phrase sans surmoi, sans restriction ni calcul. Quel incroyable métier de pouvoir susciter et accueillir un enthousiasme aussi parfait ! Je ne sais même pas trop à quoi ressemble le pâté de lapin. Mais il a surgi avec un tel naturel, synonyme d'un bonheur exclusif et tout à coup décalé, généreusement partagé dans une classe de collège, un matin de septembre ! Quand Julien récitera dans quelques jours :

> Ô temps charmant des brumes douces
> Des gibiers des longs vols d'oiseau

j'entendrai : « Oh ! oui, m'sieur, avec du pâté de lapin. »

Ce n'est pas un souvenir. Cette phrase me traverse encore, elle fait partie de moi, de la saveur du monde. Il y a un tel amour de la vie quand elle jaillit comme ça. Ça reste suspendu, ça change tout, on en a pour toujours.

« Oh ! oui, m'sieur, avec du pâté de lapin ! »

Chaleur méridienne, c'est l'été. On a tiré les volets après le déjeuner. Il n'a pas envie de dormir, mais il veut bien qu'on lui lise l'album d'Hulul. Hulul est un hibou confortable. Bien engoncé dans son fauteuil tout en courbes, emmitouflé dans sa vieille robe de chambre, Hulul a posé une bouilloire sur ses genoux. Il se fait du thé aux larmes. Il paraît que le thé aux larmes est délicieux. Pour pleurer, bien sûr, Hulul pense à des choses tristes. Consternantes, mais pas trop cruelles quand même. De la purée qui refroidit dans une assiette parce que personne n'a envie de la manger. Un crayon trop court pour dessiner.

L'ambiance dégagée par l'album est tout à l'opposé des vacances d'été, de la plage promise après le goûter. On est bien, tous les deux, et le sommeil le gagne doucement, pour l'emmener avec Hulul dans une chaumière à cheminée. On pense une seconde à se dégager, à quitter la pièce. Mais non, on ne peut plus bouger. On ne sait plus vraiment quelle heure il est, le temps se gonfle et le plafond s'éloigne. On sourit de le sentir si profondément embarqué dans le sommeil qu'il refusait. Rester ainsi parfaitement immobile jusqu'au bout de sa sieste semble difficile. Déjà, des fourmis dans le bras. On se déplace à peine ; il se retourne, et sa respiration spectaculaire est un reproche. Mais rien ne peut l'empêcher de replonger. On le tient contre soi, on est le protecteur. Rien n'est meilleur que de rester ainsi. Longtemps. Indéfiniment. Protégé par qui l'on protège.

Les livres sont en relief.

En même temps que la mienne, je vis la vie de Paul Léautaud. Écrivain français. 1872-1956. Ce sont les mots et les chiffres qui sont inscrits sur sa tombe. Un écrivain incapable de fiction. Toute son œuvre est une littérature du je, d'un je qui est aussi le moi. Toute son œuvre. Elle serait bien mince s'il n'y avait le *Journal littéraire*, vingt volumes dans la première édition du Mercure de France, qui furent ramassés ensuite en trois tomes d'un peu plus de deux mille pages chacun. Et puis, même sous cette forme, ça ne se vendait plus guère, sans doute. L'intégrale du Journal a disparu. N'existe plus qu'un choix. Étrange, car le nom de Léautaud est resté fort, et une espèce de tendresse pour son auteur, alors même qu'on ne le lit plus beaucoup. Rares sont désormais les auditeurs qui ont écouté les entretiens radiophoniques entre Robert Mallet et Paul Léautaud, diffusés en 1950. Mais la rumeur selon laquelle c'était décapant, insolent, sensationnel, demeure, et la possibilité physique d'en écouter l'enregistrement. À l'époque déjà, on a pu dire que les éructations jubilatoires de ce vieillard incroyablement jeune, qui martelait ses arguments à coups de canne sur la table du studio, avaient « fichu la radio par terre ». Ça ne ressemblait à rien d'autre.

A priori, ça ne me ressemblait guère. Moi, l'enfant aimé, dont la sensibilité était toujours saluée par ceux qui l'entouraient, quel étrange chemin vers ce petit Paul abandonné dès la naissance par une mère très légère, qui l'encouragea plus tard à développer pour elle une attirance équivoque, malmené plus qu'éduqué par un père comédien raté puis souffleur à la Comédie-Française, impénitent coureur de jupons, pour lequel il n'était qu'un gêneur. Léautaud d'emblée seul, et toujours resté seul. Détestant les enfants, citant le début du vers « Lorsque l'enfant paraît… » pour ajouter aussitôt : « je prends mon chapeau et je m'en vais ! » Moi qui toute ma vie ai trouvé le sel de la terre dans la fréquentation des enfants et des préadolescents, ne finissant mes cours au collège le matin que pour enchaîner avec le club théâtre ou le club football. Léautaud écrivant le plus vite possible, répétant à l'envi que seuls valent les textes rédigés d'un seul jet, avec le sentiment que la main n'est jamais assez rapide. Léautaud ne trouvant de véritable attachement que dans celui des animaux – jusqu'à quarante chats et quinze chiens dans son pavillon de Fontenay-aux-Roses. Moi, amoureux de la même femme toute ma vie. Léautaud virtuellement contempteur de mon style laborieusement raturé – plus que tout, cette sévérité imaginaire m'a attiré vers lui. Moi, jugeant pitoyable la sexualité de Léautaud, qui ne trouvait la jouissance que dans une excitation haineuse avec sa maîtresse, surnommée « le fléau ».

Mais… Léautaud rédacteur toute sa vie de ce Journal qu'on commença à publier deux ans avant sa mort. De ce Journal qui a une magie. On est dans la vie d'un autre. On la partage. Moi qui n'ai jamais réussi à pénétrer dans l'œuvre de Saint-Simon, je sais tout de la petite cour du Mercure de France, quand la cour de Versailles me reste étrangère. Employé au Mercure, publié par le Mercure, le misanthrope de Fontenay y côtoie tous les écrivains de la première moitié du vingtième siècle. Tous adorent parler avec lui, parce qu'il est différent, qu'il joue tout ce qu'il dit, et ce qu'il dit est abrupt, incontrôlable, politiquement très incorrect. Au reste, les anecdotes sur Gide ou Valéry m'intéressent, mais tout autant me plaisent ses rencontres avec les anonymes, car c'est sa façon de dire qui compte. Et surtout la façon dont il traduit ses désenchantements et ses rêveries, tard dans la nuit, dans son fauteuil, à Fontenay.

Il dit qu'il faut écrire comme on parle, mais lui ne parle pas comme les autres. Il sait par cœur tous les poèmes qu'il a aimés, sans les avoir appris. Quelques courts ouvrages publiés, *Le Petit Ami*, *Passe-temps*, *In memoriam*, lui valent une réputation limitée au cénacle littéraire. « Je suis un écrivain pour gens de lettres. » On sait qu'il est l'auteur sous le pseudonyme de Boissard de chroniques théâtrales qui parlent de tout, et même parfois de théâtre. On sait surtout qu'il tient un Journal, et l'on craint de s'y retrouver en fâcheuse posture. Léautaud est plein de contradictions. Quand, au début de sa carrière, Descaves, président du jury du Goncourt, lui promet le prix s'il publie son ouvrage en cours, Léautaud se refuse à livrer le manuscrit, disant qu'il n'en est pas satisfait. Ce qui ne l'empêche pas plus tard de plonger dans une longue mélancolie à l'annonce du prix. Dans son Journal, il note la moindre remarque élogieuse faite à son sujet, en ajoutant à chaque fois qu'il ne sait rien de sa petite réputation, et que d'ailleurs cela lui est bien égal.

Il a l'air d'un bohème et se prétend bourgeois, il revendique son cœur sec et pleure sur les chats. Il marche dans Paris, rêvasse infiniment, déteste les ouvriers en général mais s'émeut de la sympathie que lui inspire un ouvrier en particulier. Sa phrase légère, incisive, d'une impeccable netteté, dit tout cela qui fait un homme si différent de moi.

Je le lis chaque jour, oui vraiment chaque jour. Il agrandit ma vie, la multiplie un peu comme ces lunettes en plastique, un œil rouge, un œil vert. Je deviens lui, je deviens l'autre, et je reste tout à fait moi. Rien ne vaut ça.

On le voit bien. Malgré toute la place que le numérique a prise dans notre vie, la proportion des lecteurs sur tablette reste dérisoire. Le rapport sensuel, palpable avec le volume demeure essentiel. Mais le livre a d'autres formes de reliefs. L'une d'entre elles est le désir. Quelqu'un rêve d'écrire un livre, de voir transformé en livre ce qu'il a écrit. Pour que ce rêve prenne sens, il faut qu'un autre aille à sa rencontre, animé de son propre désir – celui d'éditer un livre. Ce croisement nécessaire est le parfait exemple d'une addition qui est en fait une multiplication.

Il rencontre parfois à notre époque une sorte de hiatus, parce qu'il est matériellement possible de donner à un manuscrit l'absolue apparence d'un livre publié par une maison d'édition.

Pendant près de dix ans j'ai envoyé par la poste des manuscrits toujours refusés. Le désir était long, l'espérance violente. On savait que j'écrivais, j'en parlais volontiers. Parfois un ami me proposait de lire un de mes textes. Mais je ne voulais pas. Ça n'était pas comme ça. Et je ne voulais pas non plus publier à compte d'auteur. Ce n'était pas de l'ordre du mépris, je crois. Je trouvais le compte d'auteur très utile pour transmettre un texte à quelques proches, notamment en fin de vie. Mais mon rêve n'était pas celui-ci, et s'inscrivait dans une autre dimension : rencontrer par ce qu'on a écrit quelqu'un qu'on n'aurait pas rencontré autrement.

Avoir ce rêve-là chevillé au corps, c'est entreprendre une lutte acceptée avec une autre dimension : le temps. J'avoue ne pas m'extasier sur la formule de Céline : « La postérité, c'est un discours aux asticots. » Dans son cas, c'était de la fausse modestie, la suite l'a prouvé. Mais surtout le mot *postérité* n'est pas bien choisi. Aucun écrivain sensé ne peut compter sur la postérité. Mais cela n'empêche pas que le principe même de l'écriture n'ait de sens que s'il est une lutte contre le temps, et notamment une façon d'apprivoiser le trop tard. Que serait *Le Livre de ma mère* d'Albert Cohen sans le trop tard ? Que serait *La Recherche* si madame Adrien

Proust n'était pas morte avant que Marcel ait trouvé la clé ?

Avoir comme but ultime l'envie de mettre le meilleur de soi dans ces petits parallélépipèdes rectangles que l'on appelle livres ne témoigne guère de cet accord avec la vie que l'on m'a souvent prêté. C'est plutôt une forme de schizophrénie. Mais j'ai vécu pour ça. Après dix ans d'attente, le langage que me tenait Jean-Paul Bertrand aux éditions du Rocher procédait bien de cet apprivoisement du temps que j'espérais : « Vous n'avez pas choisi la voie la plus facile, mais vous êtes un écrivain. Cela mettra peut-être douze ou quinze livres, mais ça se saura. » Il a tenu parole. Il me fallut quinze ans avant d'atteindre, grâce au succès de *La Première Gorgée de bière*, le statut dont je rêvais en secret : celui d'auteur édité dans une collection de poche. Le fait d'être traduit ne faisait pas partie de mes fantasmes. C'est pourtant de là qu'est venue, plus de trente ans après mes premiers balbutiements d'écriture, une rencontre presque irréelle, dont j'aurais pu ne rien savoir, et c'est là que le livre effleure son relief le plus secret.

Un soir de 2008, nous rentrions avec Martine d'une balade dans la campagne normande. Il faisait presque nuit. Devant la grille de la maison, deux silhouettes, qui s'affairaient autour de la boîte à lettres. Deux jeunes filles blondes qui se présentèrent à nous comme étant suédoises, la plus grande, Frida, la plus petite, Caroline. Cette dernière nous expliqua qu'ayant trouvé dans un article le nom de mon collège et celui de la ville où j'enseignais, elles étaient venues. La gardienne leur avait dit que j'avais pris ma retraite depuis l'année précédente, mais leur avait donné mon adresse. Toutes deux parlaient un excellent français. Nous les fîmes entrer. Martine leur proposa un thé et du pain d'épice. Elles nous racontèrent en quelques mots leur histoire. Elles me laissèrent en partant une très longue lettre, dont voici le début :

Paris, le 1er mars 2008

Monsieur Delerm,
Pour mon seizième anniversaire, ma meilleure amie m'a offert un livre, tout petit et humble, avec un titre qui me plaisait immédiatement. Je savais, sans l'avoir encore lu, que ce livre ajouterait quelque chose de très important à ma vie. J'avais raison. Au cours de quelques semaines, je l'avais lu, relu et encore plusieurs fois lu. Je connaissais par cœur les phrases d'introduction : « Il faut habiter Paris. Si monsieur Spitzweg fouille au plus profond des règles qui dominent son existence, cet axiome seul surnage, comme si le reste en dépendait… Tout le reste… »

J'ai téléphoné à cette amie en lui disant : « Frida, il faut habiter à Paris. » Dans ce moment-là, le rêve a commencé. Pendant les trois ans suivants, nous passions des heures en lisant des livres sur Paris, en regardant des films français, en découvrant les paroles de Jean-Jacques Goldman et de Francis Cabrel dont personne d'autre n'avait connaissance dans notre pays froid.

Un jour nous avons pris le train entre notre ville au sud de la Suède jusqu'à l'aéroport de la capitale danoise. En ce lieu, nous avons attendu plusieurs heures avant qu'un avion de Paris soit arrivé. Tout ça pour que nous puissions entendre la langue française parlée entre les voyageurs. Nous avons écrit des longues lettres aux inconnus à Paris pour recevoir des descriptions et des photos. Nous avons commencé à boire notre café profondément noir, tout en croyant être monsieur Spitzweg. Les autres nous connaissaient comme étant « les petites Françaises » et n'importe où où je suis allée je portais votre livre avec moi, toujours prête à citer quelques phrases pour convaincre mes amis que Paris était la seule ville à trouver le bonheur. Nous dîmes à tout le monde qu'un jour nous habiterions à Paris où nous vivrions comme dans les livres. Personne ne croyait notre rêve assez fort pour survivre les années

changeantes du lycée. Aujourd'hui notre rêve est devenu réalité…
Ce n'est pas une exagération de dire que vous avez changé, ou bien montré le chemin de nos vies. Chaque rêve a son commencement, et *Il avait plu tout le dimanche* était le premier pas de ce voyage qui nous menait vers Paris. Ce livre était la raison pour laquelle nous avons choisi d'apprendre la langue française, qui nous permettait de comprendre des chansons, des films et des livres, grâce auxquels nous avons fait connaissance avec la culture française. Cette connaissance nous a fait prendre le premier train pour Paris après avoir passé le bac ; un voyage qui a rendu possible l'écriture de mes premiers articles, ceux qui me menaient peut-être vers mon rêve de devenir journaliste. Et l'histoire continue.
Oui, chaque histoire de la vie a son commencement, et la phrase « La douceur d'un soir d'octobre, accoudé au pont Louis-Philippe. La nuit qui vient dans la lueur de phares. Tous les passés, pas d'avenir. Ah, oui, c'est là que ça se passe » est celle qui a commencé la nôtre.

Suivaient de nombreuses pages détaillant le minutieux pèlerinage et les sensations éprouvées par les « deux petites Françaises » dans tous les lieux, pour toutes les atmosphères évoquées par le livre. Elle était signée « Caroline Sjögren et Frida Thomassen ». Un an plus tard, une autre longue lettre de Caroline me disait ses réactions à la lecture de *Quelque chose en lui de Bartleby*, la suite d'*Il avait plu tout le dimanche*. Elle me racontait aussi leur vie à Paris, les petits boulots, et notamment pour elle vendeuse de glaces chez Amorino, leurs compagnons français rencontrés…

J'ai sous les yeux ce « petit livre humble… qui a changé ou bien montré le chemin de nos vies » dans sa version suédoise. Il semble plutôt austère, avec une jaquette en noir et blanc, une photo d'une rue en pente, sans doute à Montmartre, mais qui ne fait pas du tout couleur locale, plutôt anonymat parisien. Un arbre nu au premier plan, un passant flou qui traverse une rue pavée, des voitures garées. *Det hade regnat hela söndagen*. Roman/Albert Bonniers förlag. Le nom sur la couverture ne me semble pas vraiment le mien. C'est plutôt comme un signe qui fait partie de cette conspiration du relief. Je ne suis pas complètement sûr d'avoir su mettre ma vie dans le petit volume. Mais il me faut être presque sûr que Caroline et Frida y ont mis la leur. Une forme très décalée de responsabilité, sans doute. Mais au-delà, un voyage troublant dans le temps, dans l'espace. Et je n'en reviens pas.

Vivre par les toutes petites choses. Des sensations infimes, des phrases du quotidien, des gestes, des bruits, des odeurs, des atmosphères. Écrire sur tout cela. Car écrire et vivre, c'est la vie en relief, une opération qui s'est imposée lentement. Transformer en sujet ce qui n'en est pas un, la perspective est délicieuse. Elle donne le sentiment que l'existence est inépuisable, qu'il y aura toujours un angle différent à trouver, à chaque fois l'impression de respirer plus large, en ayant tiré de la vie même ce qu'elle contenait mais demeurait enfoui.

Ça commence très tôt. Une tendance à se satisfaire de l'immobilité, de la paresse, de la rêvasserie. À la fin du petit déjeuner, même s'il faut se dépêcher parce qu'il y a classe, surtout s'il faut se dépêcher parce qu'il y a classe, rester fasciné par le pot de gelée de groseille. Devenir la gelée de groseille, cette montagne avec ses angoissantes vallées d'ombre et ses crêtes à peine translucides, ses glaciers de rubis et y glisser à l'infini. Le sentiment que le temps dérobé là doit rester secret, dégusté en fraude et en silence.

– Je finis ma page et j'y vais !

Plutôt bien joué. *Ah ! celui-là, quand il est dans un livre !* On le dit si souvent de moi, avec une fierté faussement désolée. C'est vrai. Quand je suis dans un livre. Mais *L'Île au trésor* est ici un alibi. Car il y a encore plus prenant : la vie volée, le glacier de groseille. Et l'évasion par le livre devient alors une excuse pour une autre évasion qui ne se nomme pas.

Tout au long de la vie il en sera de même. Dans la salle d'attente du médecin, pas de magazine. Un pan de mur, une photo de désert namibien enclenchent une rêverie, sans aucun rapport avec ce que j'ai sous les yeux. Rien de volontariste dans cette disposition à ne jamais s'ennuyer, à entendre la mer au fond du coquillage, même quand il n'y a pas de coquillage.

C'est quelquefois vertigineux. Un pouvoir que l'on éprouve et qui reste incomplet, une amitié possible avec les choses de la terre. Mais une mélancolie aussi, un talent qu'on possède sans le posséder, et qui exile autant qu'il enrichit. Être amoureux semblera longtemps la solution, une façon de cristalliser cet appel venu des moindres signes du quotidien. Être heureux, aussi. Être heureux pourrait être mon livre.

Et puis, à plus de quarante ans, dans une vie bien pleine, et après beaucoup de pages noircies déjà, tout à coup un sujet s'impose. Mouiller ses espadrilles. Je sens qu'il y a quelque chose dans ce constat irrémédiable d'espadrilles définitivement fichues après avoir pataugé dans l'averse. Une lourdeur désolante, aux antipodes de l'invincible sensation de liberté donnée par les mêmes chaussures, sèches, effleurant le sol tôt le matin, idéalisant le bien-être et la liberté de l'été. Oui, la tragédie des espadrilles mouillées, avec ce nœud pelucheux qui s'ébouriffe juste au coin, cette raideur de la semelle ankylosée, cette hostilité coupante du tissu. C'est un défi : écrire deux pages sur ce presque rien. Mais ça dépasse le territoire de l'écriture. En quoi tirer sur le fil de cette mouillure peut-il transformer ma vie ? Derrière la gratuité du petit exploit, il y a autre chose. Le flocon de neige glissé sur la lamelle du microscope devient un atome de neige, et dans cet atome les atomes se multiplient.

Pourquoi ce premier sujet ? Sûrement l'excitation de pouvoir penser que personne n'avait encore défloré cette sensation-là. Et que pourtant presque tout le monde l'avait déjà ressentie. En attaquant l'espadrille sous l'angle du naufrage, je suis à cent lieues de l'allégresse. Mais cette défaite est un hommage paradoxal à l'été. Les pluies d'été éveillent des odeurs, donnent davantage conscience de la saison. Et puis l'idée d'irrémédiabilité suscite un autre paradoxe, suggère la certitude qu'à l'inverse des espadrilles mouillées le bonheur des vacances est infiniment reproductible.

Un naufrage d'espadrilles. Je sens étrangement là se mettre à couler une abondance. Est-ce le pouvoir des mots, ou celui des choses ?

C'est surtout le pouvoir d'être là, de vivre dans ce monde, et d'attendre qu'il se déploie. Je pousserai cette jubilation du minimalisme jusqu'à écrire un texte assez lyrique sur le ronron du réfrigérateur, et certains diront que c'est n'importe quoi.

Les toutes petites choses sont moins infimes qu'infinies. Elles dorment d'un sommeil si trompeur. Les éveiller n'est pas se refermer, clore en soi des refuges. Les toutes petites choses sont la vraie aventure, elles nous contiennent et nous inventent. Elles nous augmentent et nous rassemblent. Mais leur parole est loin sous le sommeil, sous le silence.

Le passé n'est pas un monde perdu. Le vivre dans le présent n'est pas de la nostalgie. Ce qui est passé est possédé, définitivement. Je dis « ma vie est belle » parce que j'ai la chance de sentir le passé dans le présent. Il y est, il n'attend rien que de se déployer. Il est le contraire de la prière, de la transcendance, de l'abstraction. Je déteste la pureté, si la pureté, c'est se débarrasser de tout. Je veux m'embarrasser de tout. Avoir vécu les choses sans les avoir perdues, les instiller dans le monde qui vient, faire du présent un alcool fort, le goût du fruit plus fort que le fruit.

Une seule fois dans l'été, et même pas tous les ans. Un moment de la soirée où on se dit que tout est parfait. Pas au début, et loin encore de la fin. Au jardin. Il fait encore chaud. Pour une fois, on a pu dîner à la lumière des photophores, bien après le frôlement des chauves-souris, ces vols si saccadés, invraisemblables. L'odeur du chèvrefeuille domine. On est avec de vieux amis, on se connaît par cœur. Pas d'enjeu, pas de séduction, pas d'épate. On a remisé de plein accord tacite les sujets brûlants. Les assiettes à dessert sont restées sur la table, et la bouteille de mercurey. On hésite à reprendre un verre, et puis oui. Tous les rites qui peuvent allonger le soir sont bienvenus.

Et tout à coup c'est là. Quelque chose qui monte, ressemble d'abord à du bien-être, et le dépasse aussitôt. On est riche d'un infime flottement. Mais aucune lourdeur, aucune puissance. Quelqu'un peut-être lancera « On est bien, là ! ». Mais c'est encore mieux si personne ne dit rien, si se taire ensemble est tout à coup une évidence.

La certitude que cette soirée peut revenir n'empêche pas le pressentiment : il n'y en aura pas d'autre aussi bonne, pas cette année, et peut-être pas même l'an prochain. C'est quelque chose que l'on tient et qui nous tient. Un peu comme quand un footballeur, à l'issue d'une victoire exceptionnelle, déclare : « C'est pour ça qu'on joue au foot ; pour un match comme celui-là. » Oui, c'est pour ça qu'on vit. Pour ce soir-là.

Tout au bout du bout, la baie d'Écalgrain. Davantage au bout du bout que la Bretagne, ce nord du Cotentin. Parce que c'est moins connu, peut-être pas tout à fait aussi sauvage, mais plus sourd, plus solitaire, parce que ça donne curieusement le sentiment que c'est plus loin. Plus menacé. Derrière, il y a la centrale nucléaire, il ne faut pas se retourner, mais cette présence donne plus de prix encore à la singularité du rendez-vous. Baie d'Écalgrain, on dit toujours « On se croirait en Irlande, en Écosse, ou bien en Cornouailles ». Le décor est flatteur, comme si l'on avait mérité de se glisser dans l'âpreté des *Hauts de Hurlevent*. Il pleut, il vente. Mais le moindre coup de lumière est comme un éblouissement de douceur sur tous les verts des prés qui vont jusqu'à la mer.

On ne va pas là pour chercher des traces, mais pour s'inventer autrement, pour se sentir ailleurs. Quand on allume l'autoradio dans la voiture, on sourit de trouver des fréquences britanniques, comme s'il fallait une autre langue pour dire tout ce que l'on ressent. Beaucoup de tournages cinématographiques se sont déroulés dans le coin, le *Tess* de Polanski y a trouvé tout ce qu'on peut attendre de la campagne dix-neuvième. Juste un clin d'œil pour l'atmosphère – on ne vient pas ici pour faire du tourisme culturel.

Passé le port de Goury, la petite route entre les murs de pierre si bas, si peu français. Après le village de La Roche, le chemin qui longe la baie d'Écalgrain devient étroit. On est toujours surpris de retomber sur *la* maison, celle où François Truffaut a tourné *Les Deux Anglaises et le Continent*. Cela paraît presque incongru de retrouver en soi l'image des deux jeunes filles jouant au badminton dans le pré, cela semble trop civilisé, trop *film en costume* par rapport au film que l'on était en train de tourner dans sa tête, sur soi-même, dans l'ampleur apprivoisée des éléments.

Et Truffaut cependant finit par s'imposer. Le pouvoir de la voix off. Les phrases du roman d'Henri-Pierre Roché. Les mots de Roché, comme dans *Jules et Jim*, bien sûr, mais les mots de Roché dans la voix de François Truffaut, dans le timbre et le débit si particuliers. Cette voix qui dans sa tension précipitée contient ce que Truffaut disait souvent : que les films, les romans sont plus parfaits, plus efficaces, plus réels que la vie. Il a raison, et tort. Dans toute la balade qui suivra, on entendra le tout petit lyrisme qui manquait – une voix off qui parlerait de soi dans la baie d'Écalgrain.

À la fin des *Vacances de monsieur Hulot*. Pendant leur séjour, tous les estivants se sont côtoyés sans vraiment se connaître. Le couple âgé – la dame qui s'extasie sur les coquillages et son mari, un peu en retrait –, toujours installé un peu trop tôt dans la salle du déjeuner, a salué tous les entrants, avec une vigueur militaire pour lui, et pour elle une onction approbative – oui je vous reconnais, vous avez vous aussi votre place ici. Monsieur Hulot a bousculé tous les usages du tennis, avec son service ravageur, mais sa victoire ne lui a pas fait gagner un pouce dans l'approche de la jolie blonde. Même ceux qui jouent aux cartes ont gardé une réserve de bon aloi. Et puis voilà, c'est le dernier jour. Au moment des départs monte une effervescence. On échange des cartes, on écrit son adresse à la va-vite sur un bout de papier, on parle de se revoir à Paris. Un petit jeu social un peu hypocrite sans doute.

Ou pas. Cela n'existe pas qu'au cinéma. On se dit c'est bien vu, mais quoi ? Une mélancolie soudaine d'avoir manqué les gens, d'être passé à côté des moments. On est resté étroit, figé, prisonnier de son personnage. C'était faussement délibéré, on a trouvé que c'était mieux ainsi. Et voilà que surgit soudain la vie qu'on a frôlée, la vie qu'on aurait pu avoir, la sympathie en avalanche qui renonce à la pudeur. Tout cela soudain permis parce que les trains, les autocars, les voitures vont partir. Le petit adieu de la main que l'on fera n'aura plus rien à voir avec les saluts du séjour. On aurait pu davantage, et cela fait curieusement partie d'une sérénité un tout petit peu triste qui va s'installer doucement. La plénitude, c'est aussi d'avoir laissé des creux et des regrets. C'était l'été. Et maintenant les jours vont raccourcir. C'était parfait. Quand même, on aurait pu…

La fin des vacances. Ce matin-là où l'on sent que c'est presque fini. Si c'est un jour à la mer, et idéalement le seul jour de pluie du séjour, on a l'impression d'une mélancolie douce que l'on connaît bien. Cela fait drôle de grimper la dune sous un ciel plein de nuages. Dans le sable, les chardons sont presque mauves. Quand on arrive en haut, on ne reconnaît plus rien. Plus de drapeaux plantés pour délimiter la baignade du village, et plus loin celle du camping. La plage est déserte. Quelques silhouettes de promeneurs au loin avec un chien. Tout cet espace, tout ce gris. On s'assoit devant la mer sans penser à rien de précis, sans bouger, sans rien faire. C'est drôle, les gouttes qui tombent sur les jambes bronzées. On revit d'autres pluies très anciennes, à la fin de vacances à la campagne, l'envie de retrouver des atmosphères de rentrée, mêlée à la tristesse d'abandonner sa grand-mère, pour presque toute l'année. Mais c'est cela qui est grand, cette impression de tenir à la fois ce qu'on espère et ce qu'on abandonne. Et plus grand encore, mais en mode mineur, en mélodie apprivoisée des jours, cette certitude qu'il en sera toujours ainsi, que la vie ne passe pas vraiment puisque l'on peut être encore à la fois heureux et triste. Si quelques jours plus tard quelqu'un vous demande « Alors, c'était bien, ces vacances ? », il ne faudra surtout pas répondre « formidable ! ». Car c'est beaucoup plus que formidable. Créer des rites au grand soleil, gonfler le présent comme un ballon d'éternité. Mais juste assez pour retrouver la chanson du dernier jour, ce vague à l'âme si précieux de la fin des vacances. C'est là que l'on est soi vraiment, on le sent bien, quand la pluie tombe sur les jambes bronzées, quand on est à la fois du côté du bonheur et de sa fin. Quand c'est toujours l'adolescence.

Le présent est le passé.

Ce qui est trop célèbre est toujours dévoyé. Ainsi pour les madeleines de Proust. En écrivant ça, je ne pense pas à la grand'rue de Cabourg, où l'utilisation mercantile de *La Recherche* dans les vitrines, sous tous supports, est d'un comique de répétition absurde et succulent. « Les vraies petites madeleines ». « Les sucres d'orge de Marcel ». « Le camembert de Proust ». Non, je pense davantage au sens qu'a pris dans la vie courante le mot *madeleine*, ou plutôt l'expression *petite madeleine*, qui est déjà un dévoiement. Quand on dit *petite madeleine*, on a l'impression qu'il n'y a que le passé, la résurrection du passé. Le texte de Proust, qui se présente comme une enquête, contribue à ce hiatus. Comme le narrateur, on cherche quelque chose, on finit par trouver. Ah oui, la madeleine trempée dans l'infusion de la tante Léonie, c'est ça la solution, l'origine de ce bonheur absolu, de cette sensation de vivre plus grand, plus fort. Dans l'ivresse de la solution, on oublie le présent. Un certain type de présent qui laisse s'immiscer quelque chose. Quelque chose de fort parce que venu de loin. Mais quelque chose de fort parce qu'on vit un présent perméable à cette force-là. En admettant que j'aie perdu quelque chose, je ne l'ai pas vraiment perdu, puisque j'ai l'inquiétude de le chercher. Par sa béance, son ouverture, ce présent-là est d'emblée une petite madeleine retrouvée. C'est le présent qui est le passé.

Je n'ai jamais vu un enfant regarder longtemps dans une visionneuse binoculaire View-Master. Moi-même, je n'ai jamais pu prendre vraiment au sérieux une de ces scènes qui se présentaient dans une espèce de fiche rectangulaire qu'on insérait dans le boîtier. Pourtant, j'aimais m'abîmer à l'infini dans d'autres images, quand c'étaient celles qui illustraient les livres de mon enfance. Dans *L'Île au trésor*, l'aveugle déambulant dans une ruelle noire, brandissant sa canne en signe de détresse et de menace, éclairé juste par un réverbère qui permettait de discerner la pluie cinglante. En bas de l'illustration, une phrase du texte recopiée en italique :

– *N'abandonnez pas le vieux Pew camarades, pas le vieux Pew !*

Le plus fort, c'était quand l'illustration n'intervenait que quelques pages après le récit, quand on avait déjà eu tout le temps de se créer sa propre image. On n'était pas déçu par l'interprétation du dessinateur, ni saisi par une révélation. C'était simplement immense de mettre en perspective cette vie partagée et son écho durable, attestant dans le décalage l'importance de cette frayeur glaciale à consommer dans la tiédeur des draps.

Avec le View-Master, en dépit ou plutôt à cause de la prétention au relief, aucune fascination n'était possible. Les cartes se présentaient avec une série d'images dédoublées. Le procédé était à nu, avec une arrogance qui dissuadait à l'avance l'envie de confirmer ce supposé pouvoir. Et puis les sujets n'étaient guère emballants. Quand il s'agissait de curiosités géographiques, on retrouvait l'ennui de ces séances de diapositives où un ami des parents proposait son voyage aux États-Unis. Pour des déclinaisons enfantines, des Mickey ou des Tintin, c'était presque pire, avec une sensation de lenteur et de statisme antinomiques de la bande dessinée, où l'on possède en fait toute la page. Mais le pire ennemi du View-Master, c'était ce petit levier métallique triangulaire, sur la droite du boîtier, qui permettait de faire défiler les images. Une envie irrépressible d'appuyer tout de suite, beaucoup trop vite, rendait la consommation toujours précipitée. On avait le sentiment de voir ce qu'on aurait pu voir, non ce qu'on voyait.

Étrangement, c'est dans l'austérité d'un appareil bien plus ancien, dont ni l'apparence ni la situation dans la maison ne laissaient augurer d'une possibilité de réjouir les enfants, qu'on éprouvait la magie d'une vie en relief. Bien renfoncés dans une des petites niches du meuble de radio, trois coffrets allongés et minces, dans un cartonnage bleu marine peu affriolant. Dans une autre niche un parallélépipède rectangle plus épais couvert du même carton bleu. Pas d'envie irrépressible d'aller voir, mais cette incitation presque incongrue : « Tu peux regarder sur la table de la salle à manger si tu fais bien attention, mais attention, c'est très lourd et fragile ! »

Ah ça, pour être lourd ! Les boîtes étaient d'une densité presque surnaturelle, qui ne pouvait préluder qu'à une révélation. À l'intérieur, des plaques de verre, une quinzaine dans chaque, toutes séparées par une feuille de papier cristal, imposaient la plus extrême méticulosité. La visionneuse elle-même était une boîte carénée de bois verni dans un ton acajou. Deux gros yeux cernés de métal noir, une languette dorée minuscule pour libérer l'espace où l'on introduisait la plaque. Tout cela commandait des gestes d'une dramaturgie compassée, craintive, dominée par la peur d'ébrécher ou de casser. Pour voir, il fallait orienter l'appareil vers une lampe, ou une fenêtre. Premier indice de mystère approché : en dirigeant le boîtier vide vers une source de lumière, si le fond n'était encore que pâle abstraction, les parois se découvraient en perspective comme une salle de théâtre vide, où quelque chose allait se passer.

Et quelque chose se passait. Trois séries de plaques à double image, des photos prises dans un lieu unique : le zoo de Vincennes. Rien de bien excitant. Mais tout à coup la première scène imposait son pouvoir : le relief du silence. Rien que des lions, des ours ou des girafes, aucun spectateur – le hiératisme ennuyé des animaux saisis par l'objectif. Les éléments du décor, arbres, rochers, baignade aseptisée sublimaient leur artificialité pour atteindre physiquement à ce type de vertige qui accompagne les dangers du rêve. Effet de relief, oui, et saisissant : un relief qui coupait court à toute idée de réalité pour entraîner dans un espace à la fois infiniment tranquille et chargé de menace. On ne craignait ni l'ours ni le lion, mais la matière contrastée de leur espace. Le sépia devenait filtre à provoquer l'imaginaire, par excès de détails, excès d'une immobilité sans le moindre souffle de vent, et qui inventait tous les pièges. C'était l'après-midi d'un dimanche souvent. Très peu de bruit dans la maison. Et plus tétanisé que séduit, on se noyait dans un autre silence.

Je crois que j'ai toujours aimé l'ennui. J'ai commencé à m'ennuyer dans un monde où les enfants devaient rester à table, quelquefois très longtemps. Parfois, mes parents invitaient mademoiselle Declefs, la directrice de l'école d'Auvers, à prendre le café. Prendre le café. Ce n'était pas un goûter. Vraiment à la fin du repas, le dimanche, à quatorze heures trente ou quinze heures. Il y avait un gâteau – toujours « très fin, et pas sec ! ». Je serais bien en peine de me rappeler les sujets de la conversation. J'étais ailleurs, recroquevillé en apparence au bord de la table, et dilaté par une rêverie sans entrave et peut-être sans consistance, mais plutôt agréable. Je savais qu'au bout d'un moment mademoiselle Declefs finirait par se tourner vers moi sans m'adresser directement la parole :

– Nous devons ennuyer Philippe !

J'ébauchais une sorte d'ébrouement dénégatif. Je n'avais pas assez d'audace pour lancer « Non, je ne m'ennuie pas du tout ! ». Ce qui est sûr, c'est que je ne souhaitais pas une conversation qui me concerne, où l'on fasse semblant de s'intéresser à moi, et encore moins où l'on s'y intéresse. J'attendais des adultes qu'ils me laissent dans mon petit brouillard, mon aparté, ma fausse présence. J'étais en train de m'enrouler dans une couverture comme un grognard de Napoléon à la veille de la bataille de Moscou. Plus probablement, d'investir à ma manière le personnage de Tony, le héros du roman de Paul Berna *Le Champion*, qui devient nageur émérite au sortir d'une adolescence malingre. Et plus vraisemblablement encore, je n'imaginais rien de précis, mais faisais flotter le décor un peu apprêté de la table, l'enjouement des propos, l'indécision de cette heure flottant dans une lévitation sans but et sans objet, cotonneuse, sans contours. Et je me sentais moi. J'éprouvais le sentiment d'une distanciation un peu perverse, qu'on m'eût facilement accordée si je l'avais révélée, mais qui jouait confortablement dans le non-dit, et faisait planer la vie sur la vie.

Bien après la promenade dominicale, mais peut-être pas sans rapport avec elle. Bien après le départ des amis, de la famille. Bien après les rituels du dimanche, en apparence amenuisés aujourd'hui. Bien sûr on ne met plus les habits du dimanche, ou alors il faudrait leur donner d'autres connotations – substituer à l'élégance corsetée la décontraction ostentatoire. Bien sûr on ne va plus à la messe, et elle ne semble plus le point d'ancrage de la journée, rassemblement sur le parvis, précipitation chez le pâtissier. Bien sûr, tout commence plus tard, le muscat du dimanche ne fait plus chanter, les brunchs essaient d'effacer les heures dangereuses du début d'après-midi, quand on se disputait pour la politique. Il reste le marché, d'un enjouement légèrement surjoué.

Au-delà des rites bousculés ou décalés flotte toujours étonnamment une bulle partagée en solitudes contiguës, lorsque le soir descend. Un petit mal et bien, après les pas perdus dans des balades en creux qui semblent se croiser, dans le temps, dans l'espace. On s'ennuyait, on attendait. Et l'on s'ennuie un peu, et l'on regrette quelquefois de ne plus attendre. On est comme en apesanteur dans l'idée de sa vie. On s'approche et on se détache en même temps. L'heure n'existe plus, mêlée à toutes les heures incertaines. On se verse un verre de vin rouge, on le regarde, on attend pour le boire. On prend un bain. On est juste un peu mal, et presque bien. On se ressemble, on se rassemble. Dimanche soir.

Ce que j’ai eu, je l’ai encore.

J'ai fait le tour de ces boutiques parisiennes où l'on vend des bonbons dans de grands bocaux de verre. La nostalgie et le commerce y font bon ménage. On n'y voit pas beaucoup d'enfants. Partout, j'ai demandé des bonbons Riviera. J'étais obligé d'expliquer. Des bonbons rectangulaires, assez minces, légèrement arrondis aux deux bouts, presque transparents : sous la gangue de sucre blanc cassé on apercevait des tons plus chauds. Ils étaient fourrés à la confiture. Sur le dessus, les lettres *Riviera* en relief. Leur dureté apparente ne résistait pas à un suçotement prolongé. Alors on ouvrait une brèche : une petite langue de mûre ou de citron sortait de sa cachette. Le plaisir résidait davantage dans la contemplation, puis l'ouverture de l'emballage. Un papier blanc un peu fort, très mat. Dans un cadre ovale cerné d'un trait brun, une photo tout en longueur. La Promenade des Anglais, un rivage de Méditerranée, une plantation d'orangers. Un petit miracle de minimalisme. Chaque bonbon était un théâtre minuscule. Le raffinement le plus extrême, c'était, juste au coin en haut à droite de la photo, le dessin du fruit dont on trouverait le goût sous la carapace de sucre. Des myrtilles, des mandarines, des cerises si fines et se détachant pourtant si nettement sur le fond immaculé. Mais comptait aussi le pliage biseauté aux deux extrémités. J'entends la voix de ma mère prononcer les mots *bonbons Riviera* avec une nuance de respect pour ce nom de Riviera. Elle dépliait l'emballage minutieusement, lissait le papier du bout de l'ongle, comme s'il eût semblé incongru de ne pas le garder.

Dans les boutiques plus ou moins authentiquement désuètes où l'on vend encore de la *qualité ancienne*, s'enquérir de bonbons Riviera expose à des réactions variées. Souvent une moue dubitative, un hochement de tête dénégatif, voire un petit sourire amusé – jamais entendu parler de ça. Quelquefois aussi, quand le vendeur est plus âgé, une susceptibilité prompte à se mettre en éveil – comment serait-il possible qu'il existât un produit de qualité que nous ne puissions proposer à notre exigeante clientèle !? Dans tous les cas, le concept est désormais englouti. Certes, j'aurais aimé – mais quoi, quelques secondes – voir se détacher le motif miniaturisé du fruit au coin du paysage, sentir sous mes doigts surtout l'étonnante tenue du papier fort. Mais pas de déception au terme de ma petite enquête. Au fond, je suis ravi d'avoir préservé aussi intensément toutes les sensations liées à un bonbon presque davantage existant d'avoir disparu. Le papier Riviera est une neige qu'aucun pas n'aurait troublée.

Chez cousine Agnès et cousin Paul de Courbevoie. Chez. On n'allait pas seulement voir deux personnes, mais se mettre à l'abri dans une bulle, un monde différent. Courbevoie. Plus tard, j'apprendrais qu'on peut s'y rendre par le train, depuis Saint-Lazare : Pont-Cardinet, Clichy, Asnières, Bécon-les-Bruyères, Courbevoie. Mais on y allait en voiture, dans l'Aronde qui sentait l'essence et dont les plaids à carreaux m'agaçaient les jambes – je n'avais pas encore de pantalon long. Cette sensation familière, quand la voiture tournait juste avant le pont de chemin de fer, et pénétrait dans un monde austère, un monde pauvre, dur, aux couleurs d'après-guerre. Une banlieue triste et vivante, avec toutes ces communes enchevêtrées : Bois-Colombes, Colombes, Courbevoie. On y passait des frontières abstraites, et l'on apercevait des rails à l'infini. Une grille immense : une portée de rails passait dessous vers une grande cour. C'était là, juste en face de l'entrepôt, la loge de cousine Agnès et de cousin Paul.

Autrefois, cousin Paul avait travaillé chez SKF, et fabriqué des roulements à billes. Maintenant à la retraite, tous deux étaient gardiens de l'entrepôt de vins et spiritueux. On n'y allait pas si souvent, et toujours le dimanche. Venez tôt ! Tôt, c'était vraiment tôt. Parfois, cousin Paul me lançait : « Je vais faire un tour au marché à Bécon. Tu m'accompagnes ? » Ah oui ! Remplacer la messe dominicale par le marché avec cousin Paul ! Souvent il me disait des choses que je ne comprenais pas vraiment – « Il paraît que Kopa va partir au Real Madrid… » Surtout ne pas poser de questions, ne pas effaroucher cette complicité entre nous. On pouvait vivre au milieu des trains et de l'acier, partir un filet à la main faire les courses en traversant ce réseau menaçant, se faufiler entre les tampons des wagons sourds, immobilisés dans la cour de l'entrepôt.

La loge était comme une maison miniature. Quelques marches au-dessus de la cour, et puis un très mince couloir : à gauche la cuisine, à droite la salle à manger. Une odeur de poulet rôti-frites, une odeur de dimanche en banlieue. La cuisine était pleine de buée. Sur un tabouret, une pile de *France-Dimanche*. « Le suicide de Soraya. Pourquoi son amour était impossible ». Dans la salle à manger, quelques objets faisaient le climat. Un vieux calendrier avec une photo d'Alsacienne en coiffe – la photo devait beaucoup plaire à cousine Agnès, car le calendrier resterait des années sur le buffet. Une poupée niçoise avec un petit chapeau de paille orné d'un ruban noir. Au mur, une tapisserie beige, vert pâle, rose terne : un enfant jouait du piano, assis jambes pendantes sur une longue banquette. Tous les personnages portaient perruque poudrée, même l'enfant. Mozart. Son talent m'irritait un peu, mais il y avait des revanches. Moi, j'étais chez cousine Agnès. À tout propos, elle m'inondait de « mon petit Philippe ». Au dessert, j'aurais le droit d'aller traîner au hasard de l'entrepôt. L'après-midi, s'il ne pleuvait pas, nous jouerions à la pétanque devant le perron.

Parfois, on me laissait même faire quelques pas dans la rue – le quartier était tranquille, je n'allais pas bien loin. Cent mètres à peine, le long du trottoir, et je me collais contre la grille de l'usine VéloSolex. Je m'arrêtais, fasciné. Dans la cour, une machinerie fantastique avait été installée. Attaché à un bras métallique, un Solex tournait, moins pour les piétons de la rue que pour les passagers des trains qui ne pouvaient manquer de l'apercevoir. J'avais rendez-vous avec cet oiseau noir. Autour de moi, tout prenait dans ce mouvement circulaire un engourdissement de silence, et presque de mélancolie. En ce début d'après-midi, rien ne bougeait dans les cours d'usine alentour. Il n'y avait que du métal, des murs, des promesses de bruit et de fumée suspendues par la douceur du mot *dimanche*. Rien que cela, et l'idée du Solex marquant son territoire dans le vide dominical. Un train passait très loin.

Quand je revenais vers l'entrepôt, un petit bruit métallique me faisait battre le cœur. Les hommes avaient sorti les boules, et s'entraînaient à faire des carreaux en m'attendant, en attendant ma mère qui finissait d'aider cousine Agnès à faire la vaisselle. Plus tard, assise sur un pliant, cousine Agnès lancerait au moindre de mes coups : « C'est qu'il est pas malhabile, ce p'tit-là ! » Et bien sûr le temps passait tellement trop vite. Et bien sûr on restait partager les restes pour dîner. Et bien sûr on ne me donnerait jamais davantage que ce que je recevais là, dans ce paradis de rails, d'entrepôt et d'Alsacienne en coiffe.

Je suis revenu soixante ans après. C'est à la gare de Bécon qu'il faut descendre. Des bureaux Volkswagen, BMW, Porsche. Un petit immeuble vétuste qui résiste. Le même entrelacement des communes. On se croit à Bécon, on est à Courbevoie, ou même à Bois-Colombes. Le résidentiel, le presque cossu-chic empiètent sur le populaire, on le sent bien. De la cour où l'on jouait à la pétanque, il ne reste rien. Derrière, une petite moitié de l'entrepôt. Plus la moindre trace du pavillon des gardiens. Et j'aime ça. Je ne suis pas venu pour rien. Ou plutôt si, je suis venu pour rien. Pour me dire que c'est beaucoup mieux ainsi, que ma mémoire en est plus précieuse et plus vive. Parmi les rares passants, j'interroge les plus avenants : « Oui, j'ai entendu parler de ça, une usine Solex. Mais moi j'habite ici depuis trois ans. » Une dame plus âgée propose : « Je crois que l'usine VéloSolex se trouvait là où il y a maintenant le centre Jean Borotra. » Un complexe tennistique haut de gamme, apparemment, même si l'on n'en voit pas grand-chose. Derrière les murs métalliques percés de rares fenêtres on imagine une efficacité technologique, un confort à l'américaine. En traversant la rue pour prendre un peu de recul, on aperçoit deux terrains en surplomb sur le toit, un revêtement synthétique pimpant, et des enfants qui font la queue pour renvoyer la balle. J'aurais peut-être pu ressusciter la tapisserie du petit Mozart en restant simplement chez moi mais elle me revient plus intense, avec un demi-sourire gentiment ironique, en se superposant au centre Jean Borotra. Si le cousin Paul avait pu faire un tour sur les terrains, il aurait sûrement dit « C'est bien, c'est moderne ! » ; la bienveillance ne le quittait pas.

La vie de cousine Agnès et cousin Paul, je suis bien loin d'en savoir tout. Juste cette bulle de dimanche entre eux et moi qui flotte et ne s'efface pas. Tellement parfaite de se cacher dans le Courbevoie d'aujourd'hui, tellement plus présente d'avoir complètement disparu.

Un café n'est pas un café. C'est ce qui fait son prix. Souvent, une simple virgule dans le partage de l'instant. Vous voulez un café ? C'est déjà mieux qu'une simple formule de politesse. Donner quelques gouttes de chaleur à notre échange, une convivialité qui n'engage pas à grand-chose, mais propose un infime à côté, quelques gestes rituels, en marge des sujets que nous avons à aborder. Une solution facile, presque mécanique, et qui garde pourtant un pouvoir inaliénable.

Dans les repas d'affaires, le dessert est presque toujours sacrifié. Pas trop de sucre, il faut pouvoir aller au restaurant sans encourir la prise de poids ni l'assaut des triglycérides. Par contre, le café est toujours invité, et, plus subtil dans la relation et la valorisation du moment, le deuxième café. L'offre d'un second café – il est certain qu'il n'y en aura pas de troisième – est une façon pudique de signifier nous n'avons pas passé assez de temps ensemble, j'ai envie de parler davantage avec vous, et de prolonger l'atmosphère.

Même quand on se fait un café pour soi, sa dégustation n'est pas intrinsèque. Il a toujours vocation d'accompagner, de se fondre dans la tâche qu'on a interrompue pour le préparer, ou de changer l'ampleur de la contemplation, quand on ne fait rien. Il transforme l'essence du travail que l'on est en train d'effectuer, la qualité de l'ombre et de la lumière sur la terrasse en été.

Parfois, on trouve dans certaines villes des cafés suspendus. Sur la petite ardoise, le patron en a écrit le nombre. Un café qu'un client a payé à l'avance, pour un autre client sans ressources et qui viendra, et pourra commander. Une jolie coutume, qui pratique une charité anonyme, sans imposer de remerciement. Café suspendu, c'est peut-être ça, le secret du café. Rester suspendu au-dessus de nos vies, dispenser un arôme chaleureux-amer, et, mine de rien, même quand il s'agit de quelques gouttes de ristretto très pures – peut-être davantage alors – donner à l'existence une expansion, changer la nature du temps. Suspendre.

La route côtière de Honfleur à Deauville. Une route pour flâner. On peut rouler tranquillement sans risquer un dépassement furibard. Tous les automobilistes y respectent un code non écrit de la balade admirative. Le pays d'Auge y joue une partition rare : cette onctuosité d'une herbe luisante et grasse plongeant dans la mer. La falaise n'est plus rocailleuse, mais fourrée. C'est tellement singulier et précieux, d'une paisibilité si spectaculaire qu'il faut bien un danger, une menace, un risque de négation. Ils y sont. Chaque année la route est plus bosselée, plus lézardée. Chaque année une remise en cause de ces villas prestigieuses de plaisir qui s'égrènent tout au long – Tu as vu ? La terrasse est complètement fissurée. Pourtant, le site de Villerville ne change pas. Devant l'abribus on voit surgir la silhouette de Belmondo jouant de la muleta. On sait bien qu'il suffirait de quelques pas en contrebas pour retrouver l'hôtel et le bar du *Singe en hiver*.

Mais je ne m'arrête pas. À quoi bon ? Ma mère ne marche plus qu'à peine. Il paraît qu'elle est morte il y a treize ans. Mais elle est là, puisque je ne m'arrête pas. Ce n'est pas étrange. Il manque juste ces petites phrases qu'elle aurait prononcées :

– Descends y faire un tour. Rien ne nous presse. Je suis très bien dans la voiture. La vue est magnifique.

Elle adorait découvrir ou retrouver des paysages en voiture. Les derniers temps, quand elle ne se déplaçait à peu près plus, je lui proposais des petits circuits quand elle venait en Normandie. Nous ne parlions pas beaucoup. Je sentais tellement en elle cette disposition princière à saluer les choses qui s'offraient, jolies comme les maisons du Bec-Hellouin devant l'abbaye, les allées normandes de la forêt de Beaumont, ou plus banales, mais transfigurées par ce sourire qui ne quittait pas ses lèvres. Oui, princière, d'une aristocratie née à la ferme de Brétounel, dans un hameau minuscule du Sud-Ouest. Nous avons dû aller deux ou trois fois ensemble à Honfleur et Deauville. Mais là, treize ans après, je sens qu'elle est là. C'est son sourire qui me vient, une présence si tranquille, le silence habité. Et pour moi tout à coup un bien-être palpable, et la sérénité d'une rédemption.

Quand elle est morte, je ne l'ai dit à personne, mais pendant de longs mois, peut-être même un an, je n'ai pas été assez triste. Je me rassurais parfois en relisant le début de *Du côté de chez Swann*. Le père de Charles Swann, lorsqu'on lui demandait comment il pensait à sa femme disparue, répondait : « Souvent, mais peu à la fois. »

Quand j'entendais Daniel Guichard chanter les mots de Jean Ferrat dans *Mon vieux*

> J'aurais dû c'était pas malin
> Lui proposer un bout d'chemin
> Ça l'aurait p'têt' rendu heureux
> Mon vieux

je trouvais que ce remords avait de l'allure. Mais avec ma mère, pas moyen. Nous avions fait tous les chemins. Nous nous étions tout dit tout le temps. Nous avions eu tous les regards et tous les gestes.

Je suis ce qu'on appelle en psychologie un enfant tombeau. Un enfant né après la mort d'un autre, non pas pour effacer cette mort, mais pour lui succéder. Une sœur – j'ai toujours tendance à dire une petite sœur – décédée à la suite d'un bombardement allié. Ma mère avait dit qu'elle n'aurait jamais d'autre enfant. Et puis six ans après, voilà. Enfant tombeau est la juste expression. Sur la table de nuit de ma mère, il y avait la photo d'une tombe. J'ai mis longtemps avant de poser des questions. J'ai entendu souvent : « Tu m'as sauvé la vie. » Ou bien : « Tu m'as redonné la vie. » Des mots qui accompagnaient des moments de tous les jours, qui imprégnaient la fraîcheur de la blouse de ma mère, ne se détachaient pas de l'instant. Mais il y avait du silence autour de ces mots-là, et je ne leur donnais jamais d'écho.

Sur mon bureau, une petite badine, un bois très mince et sec. Ça, c'est quand j'ai dû quitter la maison pendant quatre longs mois. J'avais sept ans. Nous habitions l'école de Louveciennes. Un problème aux bronches qui m'empêchait de respirer. On soignait cela à Dieulefit, en Drôme provençale. Ma mère m'avait accompagné là-bas en train. Un crève-cœur pour elle. Moi, pendant tout le trajet, j'avais lu fiévreusement *Crin-Blanc*, et trouvé un pouvoir extraordinaire à la dernière phrase du livre. Folco, pourchassé par les manadiers, accroché au cou de son cheval blanc, s'en va « dans la belle eau du Rhône, vers un pays où les enfants et les chevaux sont toujours des amis ».

À Dieulefit, madame Dechavane, qui tenait la maison où j'allais vivre avec d'autres enfants, m'avait accueilli gaiement. Au bout d'un moment, elle avait demandé à ma mère – nous faisions tous les trois quelques pas au bord du Jabron, la rivière qui longeait la maison – de rester un peu en arrière, afin que je commence à m'habituer. Comprenant la démarche, et néanmoins désolée, ma mère avait cueilli sur un arbuste une petite branche qu'elle avait gardée en main, qu'elle s'était étonnée de tenir encore en prenant seule le train du retour vers Paris.

J'ai la branche aujourd'hui sur mon bureau. Toute la tristesse qu'elle eut à me quitter ce jour-là. Cet envers partagé d'un amour parfait entre nous. Un poids, léger comme une badine, de noyer, je crois. Mais un poids. Je l'ai senti de plus en plus, au fur et à mesure que ma vie avançait. Les mêmes gestes et regards infiniment tendres – et dans le miroir aujourd'hui je vois que j'ai ses yeux. Une exigence sans les mots. Quand on a été aimé comme ça, on ne peut pas faire de sa vie absolument n'importe quoi.

Comment être assez triste quand elle m'a quitté ? Je ne l'ai pas été. Je me le suis reproché. Longtemps. Et maintenant, je ne m'arrête pas à Villerville. Je suis venu ici pour la promener. À Bayonne, Chez Cazenave, où j'ai toujours dit que je voulais l'emmener, je partage avec elle le raffinement à peine à peine amer du chocolat liégeois. Elle n'est pas morte.

Découvrir le monde, ou le reconnaître ? Ce sont les deux philosophies opposées qui sous-tendirent, tout au long du vingtième siècle, la guerre entre les deux méthodes d'apprentissage de la lecture : la méthode syllabique et la méthode globale. Une guerre, oui, car l'enjeu était de taille, dans un siècle qui fut le grand siècle de l'école, celui de sa démocratisation, de son rêve, et souvent de sa réalité. La méthode syllabique, comme son nom l'indique, part des syllabes, des lettres et de leur agencement. La méthode globale commence avec la reconnaissance de mots entiers. Vers le milieu du siècle, l'opposition entre ces deux pédagogies tourna à une sorte de querelle des Anciens et des Modernes, la méthode globale étant plus récente. Cela n'a guère de sens, car il n'y a rien d'intrinsèquement moderne ou ancien dans les deux modes d'approche. Au reste, il n'y a pas non plus de vérité entièrement syllabique ou entièrement globale. À un certain stade de la lecture, naît une nécessaire interpénétration entre ce que l'on déchiffre et ce que l'on reconnaît. On en vint donc à des méthodes « mixtes », qui sont utilisées aujourd'hui.

Il n'empêche. Les manuels ont gardé leurs dominantes, et les professeurs des écoles aussi, comme les instituteurs d'avant. Ma mère fut toute sa vie institutrice au cours préparatoire. Si je cesse quelques secondes d'écrire et relève la tête, je vois en face de moi, sur le grand tableau des photos, un petit cliché en noir et blanc. Ma mère à son bureau. Une bouteille d'encre, un flacon de colle. Elle sourit à l'objectif, dans sa belle blouse blanche. Derrière elle, sur le tableau, une liste de mots écrits à la craie : le rôti, la tôle, la tuile, la tirelire, la patte, la tasse. Il y avait donc ce jour-là l'étude d'une lettre et des sonorités qui pouvaient l'entourer. C'est la méthode syllabique. Je me rappelle cette épellation, ce déchiffrement pour mettre en mouvement la sérénité de l'univers, lui donner un élan. Pa, pe, pi, po, pu, la pipe de papa. Ba, be, bi, bo, bu, le bébé boit son biberon. On s'est moqué parfois de la niaiserie de ces premiers éléments de phrase. Je ne la vois pas comme telle. On sent tellement que cela va aller très vite vers autre chose. Vers tout.

Oui, c'est ma mère qui m'a appris à lire, et je suis heureux d'avoir appris de cette manière. Avec la méthode syllabique, on peut rapidement tout lire, surtout les mots qu'on ne connaît pas déjà, et qu'on ne comprend pas. Il faut poser des questions, mais pas forcément tout de suite. Il faut aussi rêver, pressentir, deviner, approcher, sentir par la seule syntaxe dans quelle direction on va. Et tant mieux si c'est un territoire encore inconnu, la lecture devient immense et absolue. C'est tellement fort, symboliquement, cette façon de se voir donner tout l'ailleurs, et que la personne qui vous y mène soit celle qui vous ait fait l'ici. Je suis né une seconde fois.

Mon père portait difficilement à sa bouche la petite cuillère. Il mettait un long moment pour ingérer un morceau de substance rosâtre et tremblotante – un de ces entremets comme on en sert si souvent dans les hôpitaux ou les cantines scolaires. Puis, à la fin de chaque cuillerée, il avait une petite stase de repos, de fatigue et d'assentiment, et enfin, à chaque fois, ces trois mots : « C'est bon. » Pas un c'est bon enjoué, mais un c'est bon concédé – il faut reconnaître que c'est bon.

Et moi, assis à côté de lui, j'avais à chaque cuillerée un consentement décalé : il faut bien reconnaître que mon père est en train de dire c'est bon. Jamais auparavant je n'avais entendu ces mots-là tomber de ses lèvres. Ils étaient tellement antinomiques de l'être que j'avais toujours connu.

Et là, dans cette maison de retraite alsacienne où il finissait ses jours, déjà tellement loin dans sa maladie d'Alzheimer, si dérisoirement conciliant, lui le fier, l'impétueux, le colérique, voilà qu'il donnait à un entremets chimiquement parfumé à la rose le pouvoir de lui faire dire c'est bon.

Bien sûr, c'était une simple réaction physiologique au sucré. Mais dans son cas, comment se dire que c'était seulement cela. Dans ce « c'est bon » il y avait comme un reniement paisible, et au-delà de la lassitude une espèce de brume de sérénité qui se mettait à flotter étrangement autour de toute sa vie. Il avait dépassé l'heure des bilans, des constats – sa nature éternellement dynamique l'avait sûrement dispensé de délivrer un assentiment et ses petits c'est bon, incongrus en apparence, se mettaient à résonner pour moi comme une pacification magnifique, dont j'étais presque jaloux.

Oui, ils étaient beaux, ces mots si singuliers et si tardifs, si amplifiés d'avoir été si désespérément attendus. Je me sentais en regard un tempérament un peu gâcheur, moi qui saluais toujours l'instant de peur de le voir disparaître. Et je me disais même que c'était sans doute l'incapacité de mon père à dire c'est bon qui m'avait donné la religion de le dire et de le penser si souvent.

La religion de mon père, c'était le travail. Instituteur, il habitait l'école. Tous les matins il était dès six heures dans sa salle de classe pour corriger les cahiers, préparer les leçons de la journée. Même chose après l'étude du soir. Mais son besoin de travailler se manifestait davantage encore pendant les vacances. Des vacances toujours passées en Tarn-et-Garonne, où il transformait en jardin l'ancien atelier de mon grand-père maternel.

Il faisait chaud. Mais il semblait prendre plaisir à se livrer à des travaux de force, à transpirer d'une sueur utile. Quand je rentrais d'une balade à bicyclette dans les collines, le regard qu'il me lançait semblait chargé de reproche. C'était peut-être un mauvais procès. Il voulait sans doute moins pointer mon oisiveté que me voir saluer son courage et son sens du devoir. Il aimait que ses frères ou neveux, demeurés paysans, le sollicitent pour des travaux aux champs, se chargeait comme personne des sacs de blé les jours de dépiquage. Quelqu'un finissait toujours par dire « Pour un instituteur… », et il était heureux de ces mots-là, gratifié, reconnu. Un temps, ma mère avait su le convaincre que son éternel labeur n'était pas toujours nécessaire. Probablement mortifié, il avait décidé de se lancer dans la pêche à la ligne. Mais là encore, son tempérament avait pris le dessus. À la pêche au bord du Canal latéral, où il s'agissait beaucoup d'attendre sous l'ombre des platanes que le poisson morde, il avait vite préféré la pêche *à Garonne*. Il avait fabriqué un petit outil pour creuser fébrilement sous les galets, afin d'y déterrer les popoyes, des larves d'éphémères dont les poissons étaient friands. Ensuite, dans le fleuve, il fallait s'avancer dans l'eau à mi-cuisse, résister au courant, manier sans relâche la canne au lancer. Mais même cette technique-là lui avait assez vite semblé trop contemplative. Et il était revenu dans son domaine, ce jardin où il n'admettait pas que l'on remette en cause les travaux d'Hercule qu'il s'assignait.

Il trouvait sûrement son plaisir là. Mais son jeu était de ne pas reconnaître le plaisir. Que dire du bonheur ? Je crois qu'il refusait de s'en poser la question. Et maintenant, au bout d'une longue vie si obsessionnellement active, voilà qu'il ne faisait plus rien et qu'il disait « c'est bon ». C'était un peu vertigineux, et assez doux. Il me semblait pourtant que la maladie d'Alzheimer lui donnait un pouvoir, que ces trois mots saluaient les montagnes d'effort qu'il avait accumulées. Cela ne voulait pas dire « j'ai eu tort de tant travailler, la vie n'était pas là ». C'était plutôt comme si tout son respect du devoir ne prenait vraiment sens qu'en célébrant enfin un signe du présent. Le plus ténu convenait tout à fait. Du sucré à la fraise.

Un de mes passages préférés, dans *La Recherche*, c'est celui où le narrateur se rend compte en parlant avec sa grand-mère au téléphone qu'elle va bientôt mourir. Cette altération de la voix aimée, dont il n'a pas conscience quand il est auprès d'elle, et qui devient soudain une évidence, et un remords. Une fêlure profonde en elle que le jeu de la conversation en mouvement travestit, mais pas la voix seule.

J'ai une expérience du téléphone absolument inverse avec mon cousin Jean Courbières. Les raisons pour lesquelles il est un très proche et même une figure un peu mythique dans ma famille sont longues à dire. Il vit à Castelsarrasin. Je ne sais pas exactement son âge, pas loin de quatre-vingt-dix ans. Depuis plus de dix ans, je ne suis pas retourné dans son Sud-Ouest, où j'ai toutes mes racines. Je lui parle de temps en temps au téléphone. La voix de Janot est extraordinaire. Les accents occitans sont très variés, du nasal roulant les cailloux dans les gaves au tout à fait plaintif, ou au chantant. Mais de la voix de Janot on ne saurait dire qu'elle a un accent. Sa voix, c'est lui. Intrinsèquement, il y a une grande musicalité, une articulation très nette, mais il s'y mêle un raffinement, un naturel de la syntaxe, et un pouvoir de joie et de mélancolie ensemble. Après les premiers mots, le respect des alternances nécessaires, j'aime tant quand il suit son cours. C'est peu dire que sa voix n'a pas changé. Elle m'éclabousse de ce qu'il est, de ce qu'il a été, mais aussi de tout ce qu'on lui a prêté autour de moi, et de ce manque pour moi seul qu'il ne m'ait pas été encore davantage. Il rit souvent en fin de phrase, sans vraie gaieté. À l'amorce, ses *eh bé* et ses *maintenant* sont d'une nostalgie poignante, mais fruitée, sans la moindre amertume. J'y entends d'autres mots qu'il a dits, et aussi un élan, une façon de vivre, et même des objets. Au téléphone je retrouve sa voix un soir près du cloître de Moissac, à la fin d'un concert. On vient d'écouter un récital d'Alexis Weissenberg. Janot compare son jeu à celui de Rubinstein, et il y a un plaisir presque charnel chez lui à trouver les mots justes. Au téléphone, je revis ce grand vent qu'il était chez nous, quand il arrivait avec sa Vespa, à l'époque de ses études d'architecte. Ils étaient beaux avec sa compagne Pierrette, si blonde, si mince, si libre d'allure – elle l'est restée toute sa vie. Ils incarnaient une éternelle jeunesse, et dans la voix de Janot je revois le vert pâle de sa Vespa. Pour leur mariage, mes parents leur avaient acheté des vases danois bien éloignés de l'esthétique que nous avions à la maison, d'une élégance et d'un modernisme qui paraissaient leur appartenir en propre. Car il me faut entendre aussi cela dans la voix de Janot. Toute une convergence familiale qui lui prêtait des vies qu'il aurait pu avoir, de peintre notamment, et en tout cas d'artiste. Et plus curieusement encore, quand Janot me demande des nouvelles des miens, je vois surgir des photos de Charles Dickens. C'est vrai qu'il lui ressemble pas mal, mais cette ressemblance-là m'appartient vraiment, tant Dickens a pris de place dans ma vie, par son humour, son empathie. Et sa tristesse aussi.

La voix de ceux que j'ai perdus. Je la possède, et elle m'échappe. C'est étrange. Je n'en retrouve vraiment la perception entière que dans certaines phrases. Le texte est d'eux bien sûr : je ne suis que preneur de son, en apparence. Mais le doute est bien là. Y a-t-il quelque chose en moi qui modifie les données de cette mémoire a priori objective, qui fait défiler la bande-son de leur vie ? Est-ce que ce sont eux, est-ce que c'est moi qui ai fait la sélection, laissant venir à la surface, mais quoi ? Ce qu'ils étaient, ce qu'ils voulaient être pour moi, ou ce que je voulais qu'ils me soient ?

Pour ma mère, une phrase se détache : « Moi, mes enfants, je vous regarde. » C'est ce qu'elle disait au début de l'après-midi, l'été, à l'ombre du ballet[1] où elle s'asseyait, son fauteuil tourné vers le jardin. Quelqu'un lui demandait si elle voulait un livre, ou le journal, et elle étendait les mains, doucement dénégative : moi, mes enfants, je vous regarde. Pour mon père, j'ai conservé avec une perfection inouïe le roulement de son accent méridional, quand il citait ce vers de Victor Hugo : « Ce champ couvert de morts sur qui tombait la nuit. » Je regardais un match de rugby, à la télévision. Il s'arrêtait cinq minutes devant le téléviseur, essayait de s'intéresser au spectacle, mais il avait toujours mieux à faire. Il attendait une phase de jeu un peu statique, une mêlée écroulée par exemple, et déjà se levait, s'éloignait. En partant, il avait pour qualifier l'amas des corps entremêlés un ton assez inhabituel, ironique et moqueur : *ce champ couvert de morts sur qui tombait la nuit.* J'aimais qu'il soit léger, ainsi, ne fût-ce qu'en passant. Un autre vers de Hugo m'est resté de lui aussi, beaucoup plus solennel, en classe, à la fin de la leçon de morale, quand il nous lisait *La Conscience*, et prenait un temps d'arrêt effrayant avant de détacher : « L'œil était dans la tombe et regardait Caïn. » Tiens, oui, c'était l'expression du remords.

1. Ballet : terrasse couverte d'une maison, en occitan.

La maman de mon cousin Janot, ma grand-tante de Castel, était une toute petite femme frêle, aimée et même vénérée chez moi, pour son autorité naturelle et une sévérité proverbiale, que j'entendais évoquer, mais qui me semblait douteuse, car elle se battait en duel avec moi quand j'avais six ans, et j'ai peut-être infléchi le fléau de la balance en choisissant son délicieux et chantant : « Bien sûr, c'est toi qui vas être Zorro ! » Beaucoup plus tard, elle connut Martine, et, quoique sans épanchements spectaculaires, elles avaient ensemble une complicité d'une intensité singulière. J'ai préservé comme un adoubement précieux ces mots qu'elle me glissa en aparté : « Cette Martine, c'est quelqu'un ! »

C'est sans doute assez rare de dire d'un beau-père qu'il est votre ami. Mais je connaissais ce rapport avec le père de Martine, Pierre. D'origine stéphanoise, il avait un accent bien parisien, quand il évoquait les soirées de boxe à l'Élysée-Montmartre : « Alors là, j'peux t'dire qu'y avait d'l'ambiance ! » Mais nos grands moments, c'est quand il m'accompagnait un peu partout dans la banlieue parisienne, où je participais à des compétitions d'athlétisme. Après l'échauffement, quand je revenais dans les tribunes à ses côtés pour enfiler mes pointes, je savais qu'il allait me dire : « Enlève pas ton survêt trop tôt ! » Ça voulait dire « ne prends pas froid, un peu, mais surtout ne sois pas trop fébrile, ça va bien se passer ». Ce sont des mots qu'on ne dit pas à cent mille personnes. Je les garde et je les entends.

Je les entends.

La femme que j'aime a passé son enfance et son adolescence dans un petit appartement parisien du 18e, rue Marcadet. Chambre partagée avec son frère, couloir, chambres et cuisine très sombres, lumière seulement dans la salle à manger donnant sur le square Carpeaux. Ses grands-parents, venus de la région de Saint-Étienne et d'Auvergne, habitaient pour leur part des logements encore plus minuscules. Dans tous ces lieux, juste de la place pour vivre, des astuces pour ranger le strict nécessaire, rien pour garder ou entasser. Pas de maison familiale pour des séjours de vacances – des locations, l'été. Pour tout ce qui concernait les générations d'avant, un vide abyssal, accru parfois par des séparations douloureuses.

De ce rien absolu, Martine a fait au fil des ans un territoire infini. C'est peut-être plus tentant finalement que pour les enfants nés dans des familles où le poids du passé se fait sentir partout, où il peut devenir une entrave, et où l'on sent qu'il habite aussi les gestes, les façons de parler, le goût pour les choses.

Elle a entrepris sa quête à une époque balbutiante d'Internet. Tout de suite, elle a senti plus de facilité à se glisser dans l'univers très géographiquement limité de ses ancêtres côté maternel, un petit coin du Livradois, et plus précisément à Novacelles, Puy-de-Dôme, au bord de la Dore. Elle n'y est allée que beaucoup plus tard. Pendant des années, ce fut seulement une correspondance, des secrétaires de mairie chaleureuses et conciliantes, des boîtes de chocolat envoyées à Noël en remerciement de leurs loyaux services. Des flammes surtout sur les enveloppes, des petits coups au cœur annoncés, des bouts de papier menant à des pistes, un monde imaginé d'une réalité singulière, à la fois tangible et recréée. Mais surtout, au-delà des cruautés de la vie paysanne d'autrefois, des litanies d'enfants décédés en bas âge et des femmes mortes en couches, une sensation profonde d'appartenir à un décor, à un type de vie, porteuse d'eau pour la vie tout entière, comme dans la chanson d'Anne Sylvestre que Martine a demandée pour son enterrement.

De toute cette recherche, elle a fait un livre, *Ces noms qui sont les miens*[1], publié il y a une dizaine d'années. Un seul extrait peut en donner la tonalité :

> Les noms que j'écris sont porteurs de vie. Tixier le tisserand, Clavier l'enclos et Roddier la roue, Terreyre, l'homme de la terre, Vernet, l'aulne… Au commencement étaient les hameaux, le Viallard, le Montel, les hameaux et les saints. Nicodème, Simon, Vital… Ce sont des noms pour la vie du corps, et l'âme vient par-dessus, des noms de gens qui ont des mains, qui touchent la terre, l'eau, le bois, le fer.
>
> Des noms de gens qui marchent sur les cailloux du chemin en les faisant rouler, qui couchent l'herbe des prés et cherchent dans le ciel le temps qu'il fera demain. La vie de ces noms-là suit la vie de la terre. La nuit, le jour, les étés et les neiges. Ce sont des noms qui chantent un autre accent que le mien, des mots roboratifs, épais comme une soupe, pleins du poids des jours, des phrases qui vont au pas mesuré des bœufs et claquent parfois comme un fouet dans le bruissement lourd des insectes de midi.

1. Éditions Elytis.

Les rectangles de ma feuille sont pleins de ces voix, de ces relents d'eau chaude, de purin, d'odeur de sapin. L'eau y coule toujours glacée... Ce ne sont pas des tombes mais des trappes que l'on soulève dans de vieux planchers, dans les boutiques de vieilles épiceries, des trappes qui conduisent à des caves où dorment de grands vins, quelques secrets et pas mal de chagrins.

Martine dit souvent qu'elle n'a pas de mémoire, qu'elle ne garde pas en elle la voix des gens qu'elle a aimés. Avec sa quête de Novacelles, des bords de la Dore et de la Dolore, ces collines oubliées sous la neige d'hiver, elle ne se cherche pas un passé mais une essence, quelque chose qui la fait vivre aujourd'hui. Son livre fait, elle n'a pas tourné la page et s'enfouit encore dans des actes ligne à ligne déchiffrés, des cartes postales, des destins croisés, des sympathies et des antipathies parfois, des albums sur les scieurs de long, la fierté de n'avoir jamais appartenu à aucune noblesse, aucune bourgeoisie. La vie n'est pas la seule vie.

Je suis seul, ou presque, dans la grande salle du Viking, le cinéma du Neubourg. C'est ce que j'espérais. Jamais grand monde, dans ces séances de début d'après-midi. Mais là, cinq personnes au total. Les quatre autres se sont installées tout au fond, sous le balcon. Je suis au deuxième rang. Sièges rouges traditionnels, publicités locales – les images et le son paraissent toujours délicieusement surannés. Et puis le film, *Le Mans* 66, avec Matt Damon. Pas franchement un chef-d'œuvre du septième art. Ce biopic tourné dans l'atmosphère de la course automobile est d'une virilité appuyée. Les vrombissements des moteurs et les gros plans sur les visages des personnages qui roulent des mécaniques – une cohérence métaphorique indiscutable – se marient sans grande surprise avec une sentimentalité sirupeuse.

Mais je suis pris. Par le destin de Ken Miles, coureur adulé par tous les aficionados américains du sport automobile. Quand Ford se décide à créer une cellule de compétition, afin de damer le pion aux bolides rouges d'Enzo Ferrari, il en donne la direction à Shelby, champion prestigieux et forte tête. Shelby met au point un prototype, la GT40. Pour ce faire, il s'adjoint les services d'un mécanicien et pilote de génie, Ken Miles, personnage incontrôlable et politiquement incorrect, qui déplaît profondément à monsieur Ford. Mais Shelby réussit à imposer Ken Miles comme pilote d'une des trois GT40 qui vont disputer les Vingt-Quatre Heures du Mans les 18 et 19 juin 1966. Au Mans, Miles est en tête avec une très large avance à moins d'une heure de l'arrivée. Les deux autres Ford sont deuxième et troisième de la course, avec plus d'un tour de retard. C'est alors que l'establishment Ford a l'idée de faire arriver les trois voitures ensemble côte à côte, pour donner une dimension symbolique écrasante à ce premier triomphe américain. Pour Miles, c'est la course de sa vie. Shelby se refuse à lui imposer ce sacrifice. Contrairement à toute attente, Miles accepte. Mais coup de théâtre : il ne peut y avoir de classement ex aequo. La voiture de McLaren, qui était placée derrière celle de Miles sur la ligne de départ, est déclarée première, Miles seulement deuxième. Deux mois plus tard, il se tue lors d'un essai de la nouvelle Ford.

Un scénario parfait. Une histoire vraie. Mais ce n'est pas cela qui me transperce. Le Mans 66. J'ai quinze ans. Mon frère en a vingt-sept. Il est passionné par la compétition automobile. Quand il propose de m'emmener avec lui aux Vingt-Quatre Heures, mon père est très réticent. Je n'ai pas fait grand-chose en classe, et cette récompense lui semble usurpée. Mais Jean-Claude est mon Shelby. Il réussit à infléchir l'autorité paternelle.

Je suis seul aujourd'hui, tout à fait seul dans la salle du Viking. Mon frère est mort il y a dix ans. Cinquante-quatre ans après, Le Mans 1966. Ces vingt-quatre heures sans dormir à ses côtés, dans le formidable hurlement des reprises de moteurs, l'orage au cœur de la nuit, la piste devenue glissante, et puis le froid du petit matin. Je tremble de plaisir et d'excitation, et de cette fraternité muette qui ne sera jamais aussi parfaite. Le Mans 66 est là, plus fort encore de tout le temps qui a suivi, de tout ce que le temps a semblé vouloir abolir et qui demeure, magiquement préservé par un film miraculeux. Jean-Claude est là. Je ne sais pas s'il me pose la main sur l'épaule ou me frôle par mégarde, comme toujours.

Je ne suis pas sur terre pour ne pas être troublé.

Il y a une éternité de la terre battue à Roland-Garros. Rien à voir avec les images de la même surface en début de saison, aux tournois de Rome, de Madrid et de Monte-Carlo, cette sensation d'un printemps luxueux mais presque factice, si lointain. La terre orange sombre de Roland vient à son heure, celles des enjeux, des révisions pour les examens, l'heure d'un presque été où les soirées s'allongent infiniment – on glissera vers un cinquième set à l'heure où les loges se vident, une poignée de spectateurs pourra se rassembler, se faire peur et espérer au centre des tribunes du Lenglen.

Ce rebond mat et doux qui signe en métronome la magie d'une civilisation qui n'était pas pour nous mais qui l'est devenue, si près des allées où s'ennuie pour toujours la princesse de Guermantes. Ces glissades et ce plongeon désespéré après le passing-shot, le tee-shirt maculé d'une blessure de corail si négligemment arborée. Juste avant de servir, des coups de raquette ostentatoires donnés contre l'angle de la semelle, comme s'il y avait à dissiper l'insupportable poids de la matière qui fera votre gloire.

Je me souviens, j'avais quinze ans, au Camp des Loges, à Saint-Germain. Tout au bout des terrains de foot, il y avait celui qu'on nous abandonnait pour jouer entre copains. À la fin de la partie, on s'asseyait en tailleur, la gorge sèche. Au-delà du grillage, la forêt. Et de l'autre côté, en dessous des lauriers, le monde du tennis entr'aperçu. Des tenues blanches, des filles hautaines, inaccessibles. On entendait les rires arrogants. On voyait surtout en contre-plongée tout un ballet de jambes si bronzées, les chaussures et les socquettes nimbées d'une poussière abricot. La terre d'une autre planète.

Plus tard, beaucoup plus tard, on verrait Roland-Garros à la télé. Au changement de côté, pas encore de publicité. Des plans sur les habitués du Central : Tiriac, déjà vissé à sa place immuable, tribune d'honneur, à l'angle. Et Jean-Paul Belmondo, Enrico Macias, Pierre Richard, à l'infini débusqués par l'œil du cameraman, pour que Michel Dhrey puisse égrener leurs noms. On nous montrait les jolies filles aussi, certaines un peu surprises d'être élues, et d'autres pas du tout. Dhrey coupait le commentaire technique de Jean-Paul Loth pour lancer un « joli chapeau madame ! » d'une courtoisie déjà bien surannée.

Il pleuvait toujours sur la terre, une journée au moins, et souvent au début de la seconde semaine. Et maintenant il ne pleut plus sur le Central, enfin, c'est ce qu'on nous fait croire, on peut jouer. Beaucoup disent c'est bien, certains regrettent un peu. Mais c'est comme si quelque chose était resté de toutes ces attentes, de ces patiences, de ce risque léger. Quelque chose de mat, quelque chose de doux comme un carré de chocolat râpé sur une tartine beurrée. Quelque chose de friable. Une éternité.

Il est long, le temps où l'on ne séduit pas encore. Il est fort, aussi. On lit *Crin-Blanc*. On voit le film. On voudrait être Folco. C'est un garçon si sauvage et solitaire. Tout seul avec un grand-père souriant mais très âgé, et un frère trop petit pour partager ses rêves. Sa vie est un peu triste, mais libre, dans une nature extraordinaire. On vous dit que c'est la Camargue, mais ce mot-là est trop étroit pour traduire le mystère de cet univers d'eau et de roseaux à l'infini. Folco est beau, avec ses vêtements blancs déchirés aux coudes et aux genoux, la mèche de ses cheveux noirs qui lui tombe dans les yeux, pieds nus dans sa barque plate.

Il est beau d'être tout le contraire de ce que l'on est soi-même, un garçon aux cheveux trop courts, aux oreilles un peu décollées, un garçon sage, obéissant, si peu responsable. Folco a peut-être douze ans et ils sont trois à vivre de sa pêche. Mais dans son désir d'amitié avec un cheval fou il est ailleurs.

On ne sera jamais beau comme Folco. Jamais comme Lebrac dans *La Guerre des boutons*. À la fin du film, quand Lebrac fait une fugue, parce que son père, alcoolique, l'a battu un peu plus fort que d'habitude, et surtout parce qu'il en a assez de la vie des adultes, il est si admirable quand il tremble de froid au petit matin, au bord de l'étang. Il fait tourner sur une branche de fortune un lapin qu'il a piégé. Car il sait braconner, mais s'excuse aussi auprès de sa victime – il tue seulement pour survivre. Ce n'est pas son blouson effiloché qui est beau, mais sa façon de le porter, avec cette insolence qui maudit la pension où l'on finira bien par l'enfermer. Il est blond comme on ne saurait l'être, blond de rébellion et de matin transi. Quand l'instituteur lui lance dans la classe « Dis donc Lebrac, on n'est pas à la Sablière, le chef ici, c'est moi ! » on ne le croit pas. Lebrac est le chef à la Sablière, mais à l'école aussi, et surtout au bord de l'étang, juste avant de se faire prendre.

Dans *Le Grand Meaulnes*, on est François Seurel. Il dévore les livres, vit toutes les aventures dans les romans. Les mains accrochées aux barreaux de la grille de l'école, il attend quelqu'un « qui va descendre la grand'rue ». « Et celui-là, ce fut Augustin Meaulnes, que les autres élèves appelèrent bientôt le grand Meaulnes. » On est maladroit comme François, et comme lui couvé par sa mère, mais, comme lui, on a une prescience de ce qui peut se passer, de ce qui se passe. François devine l'aventure de Meaulnes, parce qu'il l'a magiquement vécue à sa place, à l'avance. François dit à Meaulnes, sans que ce dernier lui ait fait la moindre confidence : « Puisque nous tâcherons ensemble de retrouver la jeune fille que tu aimes, dis-moi qui elle est, parle-moi d'elle. »

Ah oui, on n'est pas Lebrac, ni Folco, ni Augustin. On est François. On porte comme une mélancolie le charme des autres, on voudrait être leur ami. On est fait pour être amoureux, et pas pour être aimé. Pour désirer, et pas pour être désiré. Car c'est cela qui compte. Pas seulement d'être beau, mais de faire envie. Quand on est amoureux d'une fille et qu'elle vous préfère un autre garçon, on se dit qu'elle a raison. On sait bien qu'on n'a pas en soi ce quelque chose qui change le monde. C'est une pauvreté en apparence, mais une richesse aussi. Cela donne un prix immense au pouvoir de la séduction, la fait basculer du côté de l'impossible. On ne se résigne pas. On vit le tremblement du froid au bout des allées cavalières. On devine et on attend.

Je regarde les filles. Elles ne me regardent pas. C'est vraiment la seule chose qui compte. Être amoureux. Dans les Petits Classiques Larousse je lis les définitions. L'amant, c'est celui qui aime et est aimé. L'amoureux aime sans être payé de retour. Elle est curieuse, cette expression *payé de retour*. Mais je comprends. C'est moi. La vie est belle aussi de son pouvoir immense de mélancolie, quand on n'est pas « payé de retour ». Tout ce que j'entreprends, c'est pour des filles qui n'existent pas, qui ne me voient pas quand je dépasse les cinq mètres au saut en longueur. Des filles impossibles, qui savent danser, ou qui jouent au tennis. Des filles lointaines, mais ça me plaît de les éloigner davantage encore, de mettre entre elles et moi des frontières, des allées de forêt, un océan, une ville inconnue.

Pas une seule seconde je ne me dis que je suis un peu fou de tout faire tenir dans cet élan invisible, à l'avance déçu.

Déçu ? Non, c'est plutôt le contraire. Contre l'impossible, on n'est pas en échec. Il y a une saveur vertigineuse à instiller dans chaque goutte de présent quelques atomes d'impossible. Je vis par le désir des filles. Je les regarde. Je les éloigne. Je les éloigne en les regardant. Je les attends.

Une fille me regarde. Je n'y comprends rien. C'est un vertige, une stupéfaction, un raz de marée. Cela doit se passer ailleurs, sur une autre planète. Les choses ne sont pas comme ça. Une fille que je regardais se met à me regarder. Par définition, une fille que je regarde, c'est une fille qui ne me voit pas. Mais celle-ci me regarde, et le monde bascule. Le plus extraordinaire, c'est que nos regards sont rigoureusement les mêmes. Pas du tout tendres, ni engageants – à quoi pourraient-ils s'engager ? Il y a une sorte de dureté, comme un défi. Au tout début de ce silence, oui, c'est un tournoi de haute lice, un peu hautain. Mais bientôt lui succèdent une gravité sidérante, un long questionnement. Pourquoi, et pourquoi maintenant ? Surtout, ne pas chercher en soi un début de réponse. Rester dans ce mélange de brouillard et d'acuité. Cela dure quelques secondes incroyablement chargées de toutes les saisons de l'attente. Et il se passe à la fois tout et rien, ô rien surtout – que le rien magnifique garde à l'infini le tout. Mais au bout, un léger sourire, à la même fraction de seconde, sans sortir du coton, comme pour se prouver que la terre a tremblé.

De regard à regard, la vie est en relief. Comme une longue question à laquelle on ne voudrait pas trouver de réponse. Plusieurs questions. Est-ce que quelque chose se passe ? Est-ce que quelque chose pourrait se passer ? Est-ce que quelque chose s'est déjà passé ? Curieusement, c'est peut-être la troisième proposition qui domine. Parce qu'elle est la plus irréelle, la plus magique, celle qui efface le plus la réalité. Oui, de regard à regard, avec cette fille dont je ne sais rien, nous avons un passé commun. Une histoire parfaite, et donc une histoire finie. Dans cette hypnose des regards qui s'accrochent l'un à l'autre nous pouvons mettre un peu de nostalgie confiante, l'ampleur d'une tristesse partagée. C'est pour cela surtout qu'il ne peut y avoir autre chose, que nous en resterons à cet amour silence. Comment des mots pourraient-ils nous venir, quand tous les mots ont déjà été dits ?

Ce n'est pas du tout tiens il me plaît, tiens je lui plais. Ce n'est pas du tout il m'invite, elle m'invite. C'est il m'invente, elle m'invente. Il n'en restera rien, que ces quelques secondes de fascination paisible, à la fin ce léger sourire pour clore la séquence. Mais les trois questions restent, flottent sur le trottoir où nous venons de nous croiser. Oui, c'est aussi un présent d'éternité. Quelque chose se passe. Le monde, les trajets, les projets, la joie ou la mélancolie que nous avions ce matin-là, tout cela se dissout, ne résiste pas à l'arrêt sur image du regard – le film n'est écrit que pour ça. Est-ce que je me reconnais, est-ce que je te reconnais ?

L'amour silence est un pays. Je le vivrai longtemps. Tant de regards croisés. Quelques-uns ont gardé une histoire. Le tout premier, pendant mes balades solitaires à bicyclette dans les collines du Sud-Ouest, en pleine canicule. Je la revois, cheveux bruns mi-longs, les yeux verts, sur la petite place de Saint-Paul-d'Espis. Je ne l'ai vue qu'une fois. Se regarder si longtemps, et sourire à la fin. Le lendemain elle ne sera plus là, bien sûr. Mais elle sera partout, sur le petit mur de Bourg-de-Visa, au bord des lavoirs de Valence-d'Agen, près du cimetière de Saint-Jean-de-Cornac. Je serai amoureux d'elle où elle ne peut pas être, je m'élancerai follement vers les villages, certain de son absence et de la rencontrer. Elle sera l'été.

Il y aura Geneviève, en troisième, au lycée de Sèvres. Un lycée mixte, mais les deux clans s'interpénètrent peu. Visage fin et long, cheveux courts et bruns, grands yeux sombres. Étonnamment, c'est une des filles à qui je parle le plus facilement, peut-être à cause de son amie Brigitte qui, elle, parle à tout le monde. En cours, nos regards se croisent. Geneviève doit être assise loin de moi dans la classe. Il faut que les autres élèves et le professeur soient absorbés, de préférence au cours d'un devoir écrit, et ne puissent deviner notre jeu. Dès les premiers instants, nous creusons l'impossibilité de nous rencontrer davantage. Au fil des jours, le renoncement devrait survenir. Mais non. Nous avons besoin d'avancer indéfiniment dans ce mystère-là, qui ne nous promet rien et nous éloigne. C'est une très bonne élève, surtout en français, la seule matière où je brille un peu. Nous sommes donc censés être dans la classe les champions de ces mots qui ne nous viendront pas, dont nous prenons un plaisir masochiste à peaufiner l'absence. Le plus curieux est que nous restons capables d'échanger autrement, quand nous rentrons du lycée avec Brigitte et mon copain Axel, de critiquer tel ou tel prof. Mais le cérémonial de la classe installée ramène inéluctablement cet essentiel qui nous domine et nous échappe.

L'année suivante, je déménage à Saint-Germain-en-Laye. Là, il y a tout un fleuve entre les garçons et les filles. À Marcel-Roby, trois mille cinq cents garçons, à Claude-Debussy, autant de filles. Sur le chemin du lycée, je croise les filles du lycée technique Jean-Baptiste-Poquelin, en sens inverse. Elles sont moins bourgeoises que celles de Debussy, plus délurées, aussi jolies. Les reconnaître au loin, faire semblant de ne pas les voir pendant un court moment, et puis engager le fer, se sentir exister…

Plus loin, après Le Bon Accueil où je joue au flipper, le trottoir de Roby, celui de Debussy, les filles sont lointaines. À la fin du premier trimestre, je tombe amoureux de Béatrice. Je saurai son nom par des copains, et son adresse, 73 avenue du Maréchal-Foch, pour l'avoir suivie jusque chez elle, le soir du monôme de Noël. Entre les trottoirs des deux lycées, la rue est un océan quand je la vois. Et si proche pourtant. Je connais même ces petites taches de rousseur sous ses yeux gris, et cette certitude que c'est elle…

Le monôme. Une occasion idéale pour parler, je le sais trop. Le flot des filles et celui des garçons se mêlent, le dernier soir de classe. Dans une atmosphère de chahut un peu forcé, on va jusqu'à la place du Château. C'est ce soir qu'il faut se lancer, il n'y aura jamais d'occasion plus facile. À plusieurs reprises, les soubresauts de la cohorte nous rapprochent. La première fois, je ne lui dis rien, et dès lors c'est impossible. Une gêne palpable s'installe. De moins en moins de sourires. Et puis, à trop se savoir, plus de regards, et cette longue mélancolie, tout à coup.

C'est tellement fort d'être amoureux ainsi. Ensuite, il y aura des phrases maladroites, des filles rencontrées. En les connaissant, j'apprendrai qu'elles n'étaient pas faites pour me connaître. L'attente est infinie, c'est bien, la vie en est si forte. « Il vous naît un ami, et voilà qu'il vous cherche »... Les mots de Supervielle disent ce tourment sourd. Et pendant tout ce temps, une autre enfance pousse dans Paris, une autre adolescence. Nous le savons davantage de ne pas le savoir. Un jour pluvieux de janvier 70 nous croiserons nos amours silence, et ce sera pour la vie.

J'avais décidé que ce serait ce jour-là. Il y aurait un cours à la fac de Nanterre le matin, un autre l'après-midi à la fac d'anglais à Clichy. Le soir, nous repasserions à Saint-Lazare, et je la laisserais à Paris, et puis je reviendrais vers ma banlieue. Avant le soir, il me faudrait lui dire que je l'aimais. Nous étions gais depuis deux mois. Mais ce jour-là je fus lugubre, taciturne. D'une mélancolie surjouée ? Je ne crois pas. Il y avait un tel enjeu.

Souvent, le 22 janvier, il fait assez doux et pluvieux. J'en ai connu plus de cinquante. Celui de 70 fut d'une tiédeur mouillée exaspérante. Comment m'y prendre ? Depuis le milieu de l'après-midi, je savais ce que j'allais dire, mais les mots mêmes me nouaient. Salle des pas perdus, entre dix-sept et dix-huit heures, nous allions nous quitter. Ne plus reculer. Lancer enfin ces mots dont je me dis aujourd'hui qu'il était fou de penser qu'ils ne pouvaient pas être énigmatiques : « Je suis à court de fleurs. »

C'était le début d'une chanson d'Anne Sylvestre, une chanson drôle, un peu vacharde :

Un jour étant à court de fleurs
Tu m'as comme ça offert ton cœur
Dans un papier sulfurisé
Avec une étiquette
Pas eu moyen de refuser
C'était pourtant pas ma fête

Simplement ça. Je suis à court de fleurs. Deux mois que nous nous connaissons, et cette certitude qu'elle sait par cœur le texte de cette chanson que l'on n'entend pas à la radio.

Mais elle sait. Son regard gris-vert me pénètre, elle ne dit rien. Avec un aplomb tardif, presque désespéré ; j'ajoute : « Puisque de toute façon nous passerons notre vie ensemble… »

Alors là, rien que du silence, et pour longtemps. Je pose ma main sur son épaule. Le rêche et doux mêlé de son manteau gris. Rue Saint-Lazare. Nous remontons la rue de Clichy. C'est très étrange. L'année d'avant, l'année du bac, mes rapports avec les filles, c'étaient des pas tout à fait presque, et surtout des rien du tout. Et maintenant. On passe devant son lycée Jules-Ferry. On se dit juste que l'on va se quitter pont Caulaincourt. Silence douloureux, fragile, immense, les feux rouges brouillés, une petite pluie. Ah oui, vraiment jouer sa vie.

Ça ne m'a pas trop étonné. Au cœur de Venise, à San Giacomo dall'Orio, cet été, il y avait des soirées tango. Il faisait encore chaud. Sur une petite table, près d'un platane, à peine éclairée par une lampe basse, on avait installé une sono. Musique assez discrète mais qui répandait quand même ses ondes de nostalgie musclée dans les calli alentour. Je les ai entendues en sortant de La Zucca. Ça ne m'a pas étonné, parce que le Campo San Giacomo est devenu pour moi le centre du monde, et que je m'y rencontre à chaque pas, à chaque arrêt.

C'était la troisième fois en un an que je tombais sur une activité de ce genre. Au bord de la Seine, quai Montebello, c'était déjà du tango, mais des affichettes proposaient pour d'autres soirs de la salsa. À Saint-Marc-sur-Mer, juste à côté de la statue de monsieur Hulot qui domine la plage, c'était du rock. Vraiment un cours, avec un jeune prof à la fois discret et très didactique, initiant aux figures, d'abord sans la musique.

Les danseurs étaient un peu les mêmes. Pour la plupart des amateurs, pourtant très virtuoses, peut-être un peu plus âgés pour le tango, surtout les hommes. À San Giacomo, dans la presque obscurité de la nuit d'août, comme à Paris, comme à Saint-Marc, la même émotion. Des estivants, des touristes passaient, s'arrêtaient. Certains tentaient de s'intégrer, souvent au deuxième degré, en se moquant un peu d'eux-mêmes, en rajoutant sur la sensualité simulée, en caricaturant le hiératisme des postures. Tout près, quelques enfants pas encore couchés faisaient des tours de patinette.

Je les trouve beaux, ceux qui savent danser. Ils obéissent à un code exigeant, compliqué, cela se voit nettement chez les plus laborieux, trop concentrés. Mais la plupart sont si aériens dans leur gestion millimétrée de l'espace. Ils frôlent d'autres couples sans jamais les heurter. Le tango est parfait pour ce qu'ils veulent exprimer. Une espèce de cérémonie incandescente et théâtrale, les étapes mêlées d'une histoire, l'attirance des corps, la poursuite du travail de la séduction dans la fusion déjà réalisée. La scansion rythmique est l'horloge de la rencontre, mais la souplesse de l'accordéon noie les jambes enlacées dans une rondeur vertigineuse.

Ils ne se regardent pas. Ils semblent obéir à une idée, posséder le talent de l'approcher, de la rejoindre. Certains sont des couples dans la vie, et leur accord sur les dalles presque parfaites du Campo San Giacomo devient une métaphore sublimée de leur existence ensemble. D'autres aiment danser avec un partenaire anonyme. C'est drôle. Malgré la sensualité presque guerrière de cette danse, ils ne paraissent pas vouloir séduire. Ils aiment la traduction codifiée de la conquête. Mais l'élégance est de s'en tenir là, de parcourir voluptueusement l'affrontement de la volupté, puis de se séparer discrètement, avec respect et gratitude.

Je ne saurai jamais danser. Je n'ai jamais voulu savoir. C'était un peu absurde quand j'avais quinze ans. Pourquoi ne pas me dire alors qu'un jour moi aussi j'apprendrais ? Ça m'a pris comme ça, un jour de fête, dans le village près de la Garonne où je passais chaque année mes vacances. Assis à une table de café au bord de la piste de danse, je buvais le silence Orangina. Un rite imposé par l'étroitesse des choix proposés par le café Terrieux, responsable de la buvette. Je n'aimais pas trop l'Orangina, la fraîcheur un peu poisseuse de la bouteille, le liquide fade et pelucheux. Mes parents montaient peu à la fête. À la table, il y avait souvent ma sœur aînée Simone, parfois l'oncle Pierre, des cousins. Tout le monde s'accordait à dire que chaque année la sono était plus forte, et je trouvais ça bien pratique. On se taisait sous le pouvoir du paso-doble, de la java, de la marche ou du slow. Je n'étais pas amoureux de quelqu'un mais amoureux tout court. Pourquoi se sentir aussi bien dans cette mélancolie envoûtée par les bouffées d'accordéon ? Mon retrait, juste à côté de tous ces couples offensifs, virevoltants, me semblait délicieux. Pour rien au monde je n'aurais voulu être au cœur de la danse, avoir un rôle à y tenir, me séparer par l'action de cette sensation de tout tenir par l'immobilité, jusqu'à cette souffrance de commencer à attendre.

J'ai attendu toute la vie. Ce soir, Campo San Giacomo, plus de cinquante ans après, le tango me bouleverse. Et je sais aujourd'hui que c'était moi, cela. Rester infiniment au bord de la piste, ne jamais avoir su ce que c'était de faire partie, de s'élancer. Être à la fois si heureux et si triste de tous ces couples accordés. Éprouver dans mon corps et dans ma tête l'immensité de cette danse où je n'aurai jamais dansé.

Et aujourd'hui, Campo San Giacomo, je suis exactement le même en regardant les danseurs de tango. À mes côtés, Martine, qui ne s'est jamais élancée plus que moi. Dans la cour de son école de la rue Damrémont elle aimait regarder la ronde sans jamais y entrer. Peut-être avons-nous été tous les deux trop orgueilleux pour nous livrer, pour entrer dans la danse. Je crois qu'un même sourire nous vient aux lèvres en contemplant l'aisance de ces gestes qui nous resteront étrangers. Il y a une humilité précieuse dans l'obéissance aux codes du tango, et dans toutes les danses travaillées – ce mariage de l'apprentissage et de la sensualité.

C'est étrange. Je suis à côté de la femme que j'aime et pourtant je me sens amoureux comme à quinze ans. Ce n'est plus exactement une attente, mais l'ampleur de mon attente adolescente est restée en suspens, c'est comme ça. Je rêve à quelque chose que j'ai déjà.

Prendre dans ses bras la femme qu'on a aimée toute sa vie. Rester debout, comme ça, enlacés, pour rien, sans aucun rapport avec ce qui vient d'être fait, d'être dit. Se taire. Presque aussi intimidant que les premiers mots, les premiers gestes. C'est drôle. On a le visage appuyé sur son épaule et on ne la voit plus. Mais on sent tout son corps, à la fois livré et distant. C'est ça le plus curieux. On a beau savoir que c'est à cause de cette position, parce qu'on se tient l'un l'autre mais qu'on se tient aussi tout seul, il y a une sorte de retenue, et presque de timidité dans cet élan immobile. Ce que l'on voit, une allée de forêt, une fenêtre et le jardin derrière, parfois simplement un évier, ou une paire de rideaux, ce que l'on voit devient très important, abstrait. On ne regarde rien d'autre en apparence, on ne réveille pas de souvenirs. Mais les choses tranquilles deviennent un peu vertigineuses. Parfois, on perd l'équilibre et on rit, on se moque légèrement de soi, de nous. Mais plus souvent on reste là, et le silence se déplie, se déploie. On ne peut pas dire qu'on éprouve le poids, l'invisible densité de toutes ces années passées ensemble. Un bout de nuque, des cheveux, une espèce de raideur maladroite dans l'abandon. Car quoi, se taire aussi longtemps ainsi c'est forcément si confiant et si grave. Et qui va dire quoi, ou rien, au moment de se désenlacer, de faire semblant de reprendre le cours, impunément ? On ne sait pas.

Trouver enchanteur un décor désolant. J'ai éprouvé cela très fort dans une de mes premières balades amoureuses avec Martine. En 1970, le campus de Nanterre n'était guère affriolant. Pour s'éloigner de la fac, il fallait traverser le bidonville. Au-delà, un bord de Seine boueux, quelques vagues scories industrielles sur l'autre rive. Un paradis.

Quarante ans plus tard, j'emmène mon petit-fils Simon au Salon du livre de Montreuil pour la première fois. On descend à la station Robespierre. En haut de l'escalier, on aperçoit un petit immeuble incendié, de l'autre côté de la rue. Et Simon : « J'adore cet endroit ! »

C'est un bruit qui fait du bien. Souvent, en passant sur le trottoir, devant l'école, on ne l'isole pas, on ne l'éprouve pas consciemment. C'est comme s'il était à la fois hors de nous et en nous. On a tellement de récrés enfouies au fond de soi. Pas disparues. Mais loin. Une espèce de buée sonore, qui fait partie du paysage, et du rythme de vie, surtout. Une rumeur d'aujourd'hui qui emplit tout l'espace et tous les temps. C'est bon de se dire : « Trois heures, c'est vrai, c'est l'heure de la récré. » Mais ça traverse surtout quand l'intensité monte d'un cran, quand les cris et les jeux s'enivrent d'un dépassement inhabituel : « Une heure trente-cinq, ils devraient être rentrés ! »

De notre temps, c'était pareil ; on a tous en nous le bonheur si particulier, l'excitation des récrés qui débordent. C'est une joie gardée qui envahit le silence du village, ou l'agitation de la ville. On ne se demande pas à quoi ils jouent. Comme si ça nous arrangeait bien de pouvoir imaginer que c'est encore à l'épervier, aux gendarmes et aux voleurs, à la déli-délo, à chat perché, à la marelle. D'ailleurs on l'a bien vu : dans certaines écoles on a peint le parcours d'une marelle. Est-ce que les enfants obéissent au tracé des concepteurs d'école ? On se doute bien que non, qu'ils ne se laissent pas imposer le trajet qui doit les mener de la terre au ciel.

Ils ne se laissent rien imposer, si ce n'est le diktat des ramassages scolaires qui privent trop souvent les hameaux de cette parenthèse aérienne, volatile et magique. C'est le fond du fil du jour : la rumeur de la cour d'école. Une musique ancrée au plus profond de nous, le nécessaire enfermement qui crée la liberté, des mouvements de course et des évitements, des essoufflements, des cris de dépit, de triomphe, une exacerbation de vie qui monte, se change en nuage en franchissant le mur.

De cette confusion vibrante naît une harmonie qui nous rejoint sur le trottoir, et qui est nôtre aussi. On pourrait se sentir exilé, mais c'est le contraire. La rumeur de la cour d'école, c'est comme un sang qui bat plus fort en nous.

Un sourire vient aux lèvres. Eh bien, ils ont l'air en forme aujourd'hui ! C'est toujours comme ça, les premiers jours après la rentrée. J'aimais bien l'épervier.

Il y a des champignons en tenue de camouflage. Les trompettes-de-la-mort sont les plus spectaculaires – par manque de spectacularité. Elles se confondent à la fois avec le noir de la terre, l'envers cendré des feuilles tombées, les contorsions grisâtres ou fauves du bois mort. Trouver la première trompette est le grand moment de cette cueillette-là. La suite est presque fastidieuse. Tout devient trop facile, il suffit de suivre le filon, qui semble ne jamais devoir s'épuiser.

Tout autre est la quête du cèpe. Il ne se passe rien, longtemps. Toutes les présomptions sont pourtant favorables, deux jours de chaleur moite après les pluies de mi-septembre, cet ourlet de talus moussu, le long du chemin forestier. Mais rien, ou bien les désolants résidus d'un bolet des érables éparpillés rageusement par la canne d'un chercheur précédent. La perfection du cèpe commence là, dans cette soif, cette distance, cette quasi-désespérance. Il faut se résigner à n'en trouver aucun, à penser même que cette lumière du sous-bois que l'on scrute serait troublée par autre chose. On espère quand même, et on attend. Peut-on être surpris par la surrection de ce qu'on espère et qu'on attend ? Bien sûr que oui. Quand le cèpe est là, on ne voit plus que lui. Comment peut-on avoir désespéré de ce qui semble à présent une évidence ? C'est que vraiment c'est trop parfait. Une telle santé, une telle rotondité, de chapeau comme de pied. On n'ose pas encore toucher, mais on ressent déjà la fraîcheur et la densité, la matité, la sensualité pulpeuse. En même temps, c'est bien un champignon. Il s'en est fallu de peu qu'il ne soit vénéneux, délétère. Comme en lisière d'une moisissure dévoyée, il est tout le contraire, obscur et rutilant, secret et provocant, d'une délicatesse presque obscène. Un seul suffit et comble le désir de marcher en forêt, balaie la mystique du cercle de lumière, au bout de l'allée cavalière. Le cèpe est là.

Éprouver le sentiment de sa présence au monde. La seule chance d'être en conformité avec ce désir serait de se dire j'aime la consistance du chocolat râpé sur une tartine de beurre, ou bien c'est fort d'entendre la rumeur de la cour d'école en passant dans la rue. Pourquoi cette avalanche de magazines consacrés à la présence au monde ? Partout la transparence, l'immanence. Faire le vide. Devenir zen. Atteindre l'ataraxie. Approcher la béatitude. Je ne tiens pas à devenir béat. Plénitude est un mot creux. Je veux le chocolat râpé sur la tartine de beurre, le cèpe rond à l'envers du talus.

Ce n'est ni un banquet ni un repas intime. Huit invités, l'ambiance est bonne, l'apéritif a traîné juste ce qu'il faut. Souvent, dans ces cas-là, on a son mot à dire sur le sujet évoqué. On guette l'opportunité de le glisser. Tendu vers la conversation, on mange, on boit presque machinalement. Mais là, merveille. L'épaule d'agneau est succulente, la fibre si tendre, et çà et là délicieusement caramélisée. Les flageolets confits de douceur. Le côte-rôtie juste ce qu'il faut pour magnifier l'ensemble, avec son ampleur chaleureuse, si débonnaire à l'abord et se prolongeant dans une note singulière, d'une amertume si légère. Merveille. Un des convives s'échauffe tout seul – peut-être le côte-rôtie, quand même – et monopolise depuis quelques minutes la parole. Cela lui tient à cœur, son discours convaincu monte vers la véhémence, presque une forme de colère qui ne demande qu'un assentiment discret pour continuer à s'épancher. Il y a un plaisir très pervers à le laisser grimper dans les tours. L'épaule d'agneau en profite incroyablement, gagne une saveur inouïe, tellement plus forte encore que si on la dégustait tout seul ou bien à deux. C'est que cette caramélisation de l'instant se dilate insidieusement du morceau d'agneau qui refroidit dans l'assiette de l'orateur, les petits humains sont ainsi. Le meilleur du meilleur, c'est quand une nuance de regret se mêle chez le discoureur à un soupçon de remords. Trop tard, tellement trop tard, il se tourne vers l'hôtesse et lui glisse en incidente un « c'est vraiment très bon ! » qui dit ce que chacun aura goûté, sauf lui.

« On faisait comme ci, on tournait le clapet et l'on tournait comme ça... » Phrases pathétiques, cent fois entendues, et qu'on a dû quelquefois prononcer soi-même. Phrases adressées à un enfant ou un adolescent, pour lui livrer la clé de choses qu'il ne connaît pas. Phrases permises parce que l'auditeur est poli. Mais à un certain blanc, une sorte de neutralité de sa part, on devrait bien sentir – et on sent bien – qu'elles n'intéressent pas, ne soulèvent pas d'écho.

On s'enferre pourtant, on continue à expliquer, en changeant un peu d'angle, en associant l'idée d'un rituel, d'une anecdote, d'un souvenir. En fait, tout en parlant, on perçoit bien ce que la relation a d'irrémédiable ; l'autre a toute sa vie à jouer, et c'est beaucoup plus risqué, plus sérieux que d'avoir joué sa vie. Il ne faudrait pas donner la leçon du passé, pas de cette façon-là, pas dans ce didactisme-là si on veut être ensemble dans le présent.

Alors, rester muet ? D'une certaine façon, et pas d'une autre. Ne pas revendiquer sa supériorité dans la possession du passé, mais accueillir en soi la chance de vivre deux fois.

Au fond de la campagne suédoise, loin de toute ville. Un de ces petits lacs où les Suédois ont un chalet. Et cette curieuse embarcation. Une sorte de radeau carré, deux mètres de côté, pas plus. C'est tout artisanal, fait de bric et de broc, avec une rambarde ajourée peinte en blanc. Une minitable, quelques chaises. C'est pour les soirs d'été. Vers dix-huit heures un petit put put put se met à résonner, amplifie l'espace. On a l'impression qu'il a demandé son autorisation au silence. De fait ce moteur invisible n'abusera en rien. Dès qu'il aura gagné ce qu'il lui faut de large, le ponton ambulant se taira. À bord, on ne s'esclaffe pas. Mais quand même l'écho des voix vole jusqu'au rivage. Ils prennent l'apéritif. Ce concept universel, convivialité, moment dérobé au temps, petite avance sur recette, en douce, prend sous cette forme un pouvoir singulier. C'est beaucoup à cause de l'horizontalité, de la posture des buveurs assis au centre du lac comme ils le seraient sur la terre ferme. On imagine la prudence des gestes, un luxe de précautions qui solennise le désir de fête. Il y a de l'humour aussi dans la démarche, cette façon de se mitonner un instant parfait en pleine nature avec les rites et les attributs de la civilisation. On envie la sensation, cet infime balancement, même si le lac est un miroir. Cette façon de goûter l'instant pur en se moquant un peu de soi, dans une gaieté presque recueillie, l'infime clapotis, la fraîcheur tutoyée de l'eau profonde.

Il y a des choses que je ne fais pas, que je vois les autres faire. Écouter de la musique en courant, en faisant du vélo. Parler au téléphone avec des écouteurs et un micro. Est-ce que ça amplifie les sensations ? Est-ce que ça change le rapport à la réalité ? C'est assez étrange.

Dans le brinquebalement fastidieux du métro, on voit un garçon qui dodeline de la tête avec un grand sourire aux lèvres, une fille qui parle fiévreusement, puis qui écoute en approuvant. Ont-ils la sensation d'exister davantage ? Ils préfèrent en tout cas vivre en même temps un ici et un ailleurs. Sans doute, les premiers temps, quand ils étaient presque les seuls dans le wagon à s'échapper ainsi, ont-ils éprouvé un sentiment de supériorité, le plaisir de vivre quelque chose que les autres ne connaissaient pas. Mais ils sont si nombreux désormais que ça ne peut plus être un snobisme. Non, ils préfèrent. Leur retrait offensif n'est pas tout à fait de même nature que celui des joueurs sur l'écran d'un smartphone, avouant par leur occupation même qu'ils souhaitent seulement dissiper l'ennui du trajet. Pour les lecteurs de livres, l'évasion est différente encore, inscrite dans un rituel ancien que chacun sait – « trente minutes jusqu'à Châtelet, j'en profite pour lire » – et pour lire souvent de gros pavés, indifférents au jugement des autres sur leurs goûts littéraires. Plus soucieux d'obtenir un certificat de rébellion sont ceux – presque toujours des hommes – qui déploient *Le Canard enchaîné*. Plus sournois sont les lecteurs de liseuse, dont on ne connaît pas les choix, et qui mêlent la froideur technologique à une atmosphère d'évasion dont on ne saura rien.

Mais seuls ceux qui écoutent en chantonnant du bout des lèvres et ceux qui bavardent avec oreillettes au téléphone sont vraiment doubles. Ça ne serait pas si compliqué de tenter leur expérience, juste pour savoir. Mais j'aime bien imaginer seulement ce que ça leur fait, la petite nébulosité avec laquelle ils doivent prendre conscience des publicités qui défilent sur le quai, l'infime supplément de frontière qui les sépare des autres corps. Et si les autres passagers devenaient pour eux des sortes de somnambules ? C'est bon d'imaginer, et je n'essaierai pas.

On disait « Il a soixante-douze printemps. Elle a soixante-huit printemps ». C'était gentiment ironique, cette façon de donner l'âge de quelqu'un. Sûrement parce que le printemps est la saison du renouveau, de la jeunesse des choses. Souligner que quelqu'un avait déjà traversé beaucoup de renouveaux, c'était à la fois mesurer l'ampleur de son passage sur terre et s'étonner d'une fraîcheur allègrement préservée, peut-être une façon de signifier aussi que sur lui, sur elle les saisons ne semblaient pas avoir prise.

On ne le dit plus guère. Mais le printemps n'en reste pas moins un prodige étonnant dans la conscience d'être ici. On attend que ça se passe, et c'est à la fois délicieux et terrifiant. On marque des repères : « Tant que les saints de glace ne sont pas passés… » Ah oui, les saints de glace, au mois de mai, cette redoutable occasion de voir balayé le vers un peu stupide de Malherbe

> Et les fruits passeront
> la promesse des fleurs

Car les fruits ne dépassent jamais la promesse des fleurs. Dans le meilleur des cas, ils en sont l'émanation raisonnable. Mais il y a tant à craindre, et surtout pour les fleurs elles-mêmes. Plus encore qu'aux saints de glace, les gelées désolantes sont d'avril. Charles d'Orléans avait, lui, bien raison :

> Il n'est si joli mois d'avril
> Qui n'ait son manteau de grésil

Les hortensias sont passionnants. Tout au cœur de leurs feuilles à peine entrouvertes, s'user les yeux chaque matin pour voir poindre un infime moutonnement, quelques grains minuscules resserrés. Chaque jour une perle lilliputienne vient s'ajouter, s'agglomérer, abandonner l'engourdissement, la rétractation invisibles pour oser – à peine. Cette audace est si menacée. Le premier gel d'avril – pas dans la nuit, mais à la lisière tranchante de l'aube – vient tout compromettre.

Des feuilles ont bruni, se sont repliées. Pour protéger, ou bien pour cacher le renoncement, la disparition ? Ça n'est jamais gagné d'avance. Parfois, il a fallu se résigner – les fleurs de tout l'été ne seraient rien que leur absence. Mais quand après une semaine de gels perfides, on ne veut plus regarder, quelques pluies douces, un peu de soleil tiède viennent miraculer la renaissance. On s'était si bien décidé à ne plus vouloir y croire. C'est ça, le printemps. On aime se laisser duper par l'élan. On se rapproche du spectacle, mais le spectacle est un prétexte. On s'approche du temps. Les révélations les plus extraordinaires sont quasiment imperceptibles. En les recherchant, sans dominer le cours, on apprivoise. La fuite des instants se déploie dans la seule éternité qu'on puisse posséder : l'éternité de ce qui passe imperceptiblement. La nature ne nous donne pas une leçon. C'est nous qui lui donnons le sens de son passage, ce mouvement – si délicatement mouvant qu'il est presque immobile. On passe le doigt sur les perles de l'hortensia qui ne font que passer.

C'est un grand portrait de femme, presque en pied, peint sur bois, des planches assemblées dont on peut deviner les jointures. Sur fond blanc cassé, le visage se détache, anguleux, net, expression résolue et fermée. Elle ne regarde pas le peintre, mais loin devant elle ou peut-être seulement au fond d'elle, énigmatique, sans aménité ni faiblesse. Elle est le sujet bien sûr, mais sa robe-tablier anthracite l'est aussi, par la complexité de son drapé, ses reflets, ses plis d'ombre. Honnête portraitiste, le peintre excellait dans ce traitement de la matière, que l'on sent à la fois rêche et opulente. Le bas de la robe n'est pourtant qu'esquissé.

Tout le pouvoir vient de là, de cette ébauche. Un grand nuage de rien en bas à droite, et le projet change de nature. Le tableau est beaucoup mieux que parfait dans son incomplétude. En le regardant, on ne s'interroge guère sur les raisons qui ont empêché son achèvement, mais sur un charme fort, palpable. Est-ce la femme elle-même qui prend ainsi une part de mystère que son expression maussade ne promettait pas ? Non, c'est plus inhérent à l'acte de peindre, au pouvoir onirique qui dévoie la représentation de la réalité. C'est au-delà du talent du peintre et de la séduction de son sujet. Le corsetage un peu plat de la justesse figurative gagne un volume captivant en débouchant sur le non-dit, le non-peint, les insondables possibilités de rêver sur les choses qui s'échappent, les fascinantes vies qui ne sont pas finies.

Dans un herbage immense, en lisière de forêt. Fin d'après-midi d'une belle journée d'hiver. Le soleil va disparaître à la cime des arbres, mais la lumière oblique sur le pré est d'une tonalité de miel. En plein centre de ce rien, quelques piliers de pierre. Deux grands, flanqués chacun d'un autre plus petit. On voit encore la forme des chapiteaux, mais ils se désagrègent, et quelques gros moellons sont même tombés sur le sol. Cela suffit étrangement pour structurer tout un espace qui n'existe plus. Ne pas se laisser aller au jeu réducteur des suppositions – ça devait être ça, ça devait mener de ça à ça, quelqu'un m'a dit qu'ici… Ne pas se laisser guider par un imaginaire trop précis, qui ne ferait que substituer une autre vie à celle-ci. Ce qui compte, c'est le pouvoir de ces colonnes, leur évidence et leur étrangeté. Quelque chose s'ouvre, un désir, une porte sans fermeture, une envie qui n'a pas de borne. Le portail écroulé est comme l'ironie friable de lui-même.

Aucune image précise, mais l'inconscient emmène quand même vers quelque chose de dix-huitième ou dix-neuvième, des gravures avec des éléments épars, peut-être une abbaye en ruine, et des moutons qui broutent en liberté…

Mais non. Ne pas se laisser faire par le prêt-à-regarder d'une culture sommeilleuse au fond de soi. D'ailleurs la lumière a baissé déjà, impose une autre voie à l'éclairage du décor. Quatre piliers repris par la nature ? Pas davantage. Plutôt quatre piliers qui changent tout, mais ne veulent pas dire quoi. C'est cela qui est fort, et le sera plus encore quand la nuit va venir. C'est comme si l'on avait en soi des champs d'espace enclos en apparence, et bien plus infinis de cette idée de limite qui les propose et les dissout. Des territoires. Un avant, un après. Comme un voyage pétrifié.

Alain de Botton a écrit *Les Consolations de la philosophie*. Le titre dit précisément le contenu. Les grandes philosophies nous consolent de la vie. De même pour les religions. La vie est une vallée de larmes, qui devient supportable si l'on croit en l'au-delà. Ça ne me convient pas. La vie est davantage qu'une chose à laquelle on doit se résigner, davantage qu'une chose dont l'on doit se consoler. Le pari de l'ailleurs est triste comme un casino. Même s'il était vrai que la philosophie apporte la sagesse, même s'il était vrai que l'au-delà existe, il serait tellement étroit de vivre contraint, restreint, de vivre la vie comme s'il fallait lui échapper.

Évoquer le pari de l'au-delà m'a remis en mémoire des images du film d'Éric Rohmer

Ma nuit chez Maud, cette histoire d'amour si singulière, avec le charme de la neige sur Clermont-Ferrand et les digressions de Jean-Louis Trintignant sur les pensées de Pascal. Cela m'a surtout donné l'envie de relire *La Vie de monsieur Pascal*, cette courte biographie écrite par Gilberte Périer, la sœur du philosophe. Ce petit bouquin est toujours dans les rayons de ma bibliothèque. Il m'avait enchanté il y a une vingtaine d'années. La langue du dix-septième, poussée ici à une grande clarté et fermeté, jouait son rôle dans cette séduction. J'ai toujours été attiré par les idées du jansénisme, le désir de Dieu comme un absolu et non dans l'espoir d'une récompense. Et puis le mythe de Port-Royal, la rébellion, l'hostilité des jésuites…

Le personnage de Pascal est fascinant. Ce génie d'un enfant qui recrée par lui-même toute la science mathématique, comme on convoite une confiserie défendue, parce que son père préfère lui faire apprendre d'abord le latin et les langues… Il y a quand même de quoi faire rêver les nuls en maths dont je suis. Et puis, après le temps des inventions extraordinaires, celui de la foi, qui prend toute la place. En parallèle, la maladie, une souffrance physique permanente, et jamais la moindre lamentation sur soi. Cela a de l'allure pour le moins.

Dans la famille Pascal, il y a comme une surenchère de l'ascèse. Jacqueline, l'autre sœur de Blaise, douée dans sa prime jeunesse pour les plaisirs du monde, le théâtre, devient ensuite à Port-Royal une religieuse des plus intransigeantes. C'est Blaise qui l'a convertie. Mais ce frère aimé éprouve peu après l'envie de revenir un tant soit peu à la vie ordinaire, qui lui semble seule susceptible d'apaiser ses maux physiques. Et voici ce que Gilberte Périer en dit :

« Elle était alors religieuse, et elle menait une vie si sainte qu'elle édifiait toute la maison. Étant dans cet état, elle eut de la peine de voir que celui à qui elle était redevable après Dieu des grâces dont elle jouissait ne fût pas dans la possession de ces mêmes grâces ; et comme mon frère la voyait souvent, elle lui en parlait souvent aussi. Et enfin elle le fit avec tant de force et de douceur qu'elle lui persuada ce qu'il lui avait persuadé le premier, de quitter absolument le monde et toutes les conversations du monde ; en sorte qu'il se résolut de retrancher toutes les inutilités de sa vie au péril même de sa santé, parce qu'il crut que le salut était préférable à toutes choses. Il avait pour lors environ trente ans, et il était toujours infirme, et c'est depuis ce temps-là qu'il a embrassé la manière de vivre où il a été jusqu'à la mort.

Pour parvenir à ce dessein et rompre toutes ses habitudes, il changea de quartier et fut demeurer quelque temps à la campagne ; d'où étant de retour, il témoigna si bien qu'il voulait quitter le monde qu'enfin le monde le quitta. Il établit le règlement de sa vie dans cette retraite par deux maximes principales, qui furent de renoncer à tout plaisir et toute superfluité. Tout son temps était employé à la prière et à la lecture de l'Écriture Sainte. Il y prenait un plaisir incroyable, et disait que l'Écriture Sainte n'était pas une science de l'esprit, mais la science du cœur. »

Intéressante, cette répétition du mot *plaisir*. La seconde fois, Gilberte Périer aurait pu employer le mot chrétien *joie*. Ou bien peut-être était-ce bien *plaisir* qui convenait. En l'an 1654, la chronologie de la vie de Pascal indique : « Le 1er octobre, Pascal s'installe près de Port-Royal et éprouve un dégoût radical du monde. »

Je penchais déjà vers l'agnosticisme quand j'ai lu ce livre, et depuis je m'y suis conforté. Mais j'ai éprouvé le même charme qu'autrefois à sa relecture, une espèce d'attrait intrinsèque qui ne risque pas de changer mes convictions, mais crée l'admiration, et presque une forme d'affection. Pascal, quelle figure parfaite des tenants de l'au-delà ! Il console à lui seul de l'onction extrême qui m'agace si souvent chez les donneurs d'extrême onction.

Et je me dis que c'est beau de voir qu'il y a à la fois des hommes que toute leur vie mène vers l'obsession de l'au-delà, et d'autres vers celle du bonheur sur terre. Cela donne à l'existence même une ampleur extraordinaire. Mais c'est sur terre qu'on voit ça.

Ce sont des images d'Internet. Dans la cour intérieure d'un immeuble populaire en Sicile, au plus fort de l'épidémie de coronavirus. Tous les appartements ont un balcon. Les habitants s'y donnent rendez-vous le soir à dix-huit heures pour chanter ensemble une chanson, choisie la veille. La résonance des voix est extraordinaire, comme si elles couraient au long des galeries avant de s'élever, réunies en colonne au centre du puits. Il y a sûrement des amis proches et d'autres gens qui se connaissent mal, ont quelquefois du mal à supporter le bruit de leurs voisins, leurs odeurs de cuisine. Et maintenant l'ombre d'une mort possible a tout changé. Les dissonances se sont muées dans une espèce d'harmonie volontariste, frissonnant de l'émotion de sa conviction. Une vidéo fait entendre un chant patriotique, un autre une ballade sentimentale. Qu'est-ce que l'on donne aux autres, et qu'est-ce qu'on en reçoit ? On sent bien qu'il n'est pas tellement question de défendre un pays, ou de déplorer un amour perdu. Plutôt d'affirmer le désir de vivre comme une rébellion, de s'émouvoir aussi du remords de n'avoir pas été ensemble, quand il n'y avait pas de menace. Comme si la vie d'avant n'était pas la vraie vie. Comme si l'humanité révélée se cachait pudiquement dans l'éclat des voix un peu forcées. Et ça serait tellement beau d'imaginer que le rite des chants puisse persister, après le virus.

La pandémie vient questionner mon projet d'écriture. En quoi la vie est-elle ainsi mise en relief ? Je ne ressens pas un sentiment d'urgence particulier, puisque je m'assigne depuis toujours cette tâche, une nécessité diluée dans les jours. De toute façon, je ne suis pas Balzac, et je ne ferais pas davantage en écrivant la nuit.

J'ai cette chance incroyable de partager le silence de la maison avec la femme de toute ma vie. Nos rapports en sont-ils changés ? À peine. C'est quand même un tout petit peu plus grave. En parallèle aux tâches matérielles, une phrase de tendresse presque énigmatique nous vient tour à tour, allusive, confiante, et presque intimidée. Pour l'angoisse concernant les autres, la jolie famille de Vincent exilée à Paris, Vincent, Virginie, Sacha, Simon, pas d'inquiétude exprimée, ça deviendrait insupportable. Seulement le bonheur de les voir apparaître sur l'écran de l'ordinateur, à la fin de la journée.

Et pour moi ? Une sensation de nébulosité sourde et continue. Mais en regard le sentiment que beaucoup de temps m'a déjà été donné, que, selon le mot de Céleste Albaret à Proust, « celui qui l'a fait ne nous l'a pas vendu ». La petite honte d'abandonner derrière moi un tel désordre, si je venais à disparaître. Mais je m'en console assez vite en me disant que l'on me reconnaîtrait bien là.

Je ne peux pas appeler ça regarder la mort en face. Je ne suis pas fait pour regarder la mort en face. Simplement pour l'apprivoiser. Écrire.

La tendresse. Le tempo imprimé par Paul Vanderhaegen, tout au début de la chanson, est assez lent, avec d'emblée une belle ampleur, et une sorte de sérénité. Il s'accompagne à la guitare, cordes nylon. Tout de suite après lui viennent des filles et d'autres garçons, un peu plus d'une quarantaine au total. Ils sont filmés un peu partout en France – et Riccardo Peruffo à Padoue. C'est cela qui crée tout de suite une émotion particulière : cet éclatement géographique, toutes ces pièces d'un puzzle à visage humain. On lit leur nom quand ils apparaissent sur l'écran, et plus encore les noms de tous ces lieux : Augères, Rabastens, Charantonnay, Toulon, Auch, Paris. Ils chantent bien, sans esbroufe, ils chantent avec ferveur. Un mot qui apparaît dans les paroles de la chanson, de manière assez maladroite – un peu étrange, en parlant à Dieu, de lui reconnaître une immense ferveur. Elle est plutôt du côté de ceux qui s'adressent à lui. Car cette chanson n'est pas parfaite, et c'est cela qui contribue aussi à son pouvoir ; elle dit un peu plus que ce qu'elle dit, sur les ailes douces de sa sublime mélodie. Les endroits où sont filmés les interprètes comptent beaucoup. On sent que ce sont les vrais lieux de leur vraie vie. Il y a du dehors et du dedans, des garages, des prés, des murs de pierre, un bout de ciel au-dessus d'une maison, une baignoire, un salon. Les instruments d'accompagnement jouent aussi tout leur rôle, on passe si joliment de la viole de gambe à la batterie, et Leïla Huissoud chante avec sa brosse à dents. Les chanteurs chantent chacun de son côté – et juste une fois à deux, avec un beau regard entre eux. Leur façon d'être ensemble est explicable, bien sûr, mais elle reste délicatement mystérieuse. Parfois, les petits carrés se rassemblent sur l'écran, comme une image de kaléidoscope.

Cet enregistrement est dédié à toutes les personnes qui, de près ou de loin, ont été touchées par le coronavirus. Ce qui est beau, c'est que la manière de faire rejoint ici le but. Il y a là tout ce qui nous manque tellement. Un petit bout de tendresse chanté en espagnol, un autre en italien, comme un clin d'œil à nos voisins frappés aussi. Mais par ailleurs il s'agit bien de la France, du Gers au Tarn, au Calvados, en passant par Paris. Un pays que depuis si longtemps on ensilence, on désertifie, que l'on prive d'humanité. Dont on vide les hôpitaux, les écoles, les gares, les bureaux de poste, tout ce qui fait lien. Où les vieux et les enfants sont des gêneurs. On voit nos gouvernants, un peu K.-O. debout devant la pandémie parfois – dans le meilleur des cas. Et l'on voit tout ce qu'ils n'ont pas, résumé d'un seul mot – la tendresse.

Bourvil était l'interprète emblématique de cette chanson. L'homme n'a pas chanté que des chefs-d'œuvre. Mais on ne s'y trompait pas. Il y avait en lui cette chaleur, cet indéfinissable essentiel qui change tout. On peut l'appeler la tendresse.

C'est une technique à laquelle on n'avait pas souvent recours. Mais depuis le confinement, on organise des rendez-vous FaceTime avec ceux que l'on aime. Les voir apparaître sur l'écran, non sans une nuance d'étonnement pour l'évidence de leur présence. On ne se dit pas qu'on pourrait presque les toucher. Il y a des petits tâtonnements, parfois il faut changer la source de lumière, horizontaliser le cadrage, incliner ou relever l'écran. Il y a bien sûr un soulagement de les posséder comme ça, qui ne pourrait se manifester sans devenir impudique, et qui habite dans une retenue précieuse toute la durée de l'échange.

Mais ce qui est vraiment nouveau, c'est la façon de se regarder. On ne se dévisage pas vraiment. Mais on se rend compte par comparaison que d'ordinaire on se regarde très peu quand on se parle. D'habitude, on essaie d'accompagner sa réflexion en fixant un point dans l'espace, ou bien au contraire en déplaçant des miettes sur la table. Parfois, on quête juste un assentiment en fin de phrase, d'un coup d'œil interrogateur qui n'attend pas la réponse. Sur FaceTime, il y a comme un infime suspens. Les gestes du corps ne comptent pas. On est tout entier dans le regard, surtout quand on écoute, et l'on voit les autres sourire de nous voir parler, sourire d'une façon nouvelle, très calme, enveloppante. Joue sans doute aussi le minuscule décalage du son par rapport à l'image, comme un rappel en continu de ce côté magique de la connexion. Mais elle n'est pas seule à être frêle et menacée. On se tait. On écoute. On sourit sûrement comme eux nous sourient. Le cadre est à la fois un confort et un vertige. Et l'on flotte si près. La fin est très étrange, aussi. On incline juste l'écran, mais c'est bien davantage. On referme la boîte du théâtre miniature où sans presque rien dire on s'est tout dit.

C'est incroyable, parce que ça se passe à quatre cents mètres de chez moi, à l'orée de la forêt, juste après avoir monté la côte, sur la route de La Ferrière. Hiver 78, j'ai à peine trente ans. Chaque dimanche matin je retrouve là un petit groupe d'athlètes, à la lisière. Mais ce matin, personne. Je suis venu à pied, bien sûr, en trottinant sur le sol gelé. Et là tout à coup, en arrivant à la clairière où l'on peut garer les voitures, un éblouissement. La route n'existe plus. Les arbres au bord du fossé ont ployé sous une gangue de glace, en courbe parfaite jusqu'au milieu de la voie. Toute la nuit, on a entendu battre contre les volets une pluie gelée dure, inquiétante, un bruit que l'on ne connaissait pas. Et ce matin un grand soleil est venu sur le décor statufié. Je me sens traversé. Jamais je ne verrai quelque chose d'aussi parfait. J'ai dans mon dos, si près, le village, la maison où sont ceux que j'aime. Mais devant moi un ailleurs plus étrange et féerique que tous les chemins du Grand Meaulnes, un ailleurs plus lointain que tous les rêves de voyage. Il ne s'agit plus de courir. Juste de s'arrêter, et de se dire que plus loin est impossible, que sans l'avoir désirée je reçois tout à coup la perfection, une cathédrale de lumière dans une solitude bouleversée. Les yeux un peu brouillés, les membres gourds je reste là, transi, emporté. Dans cette beauté pure blanc et bleu, il y a même la petite touche de mauvais goût qu'il faut, cette nuée rose qui monte au soleil levant, vers La Ferrière. Le silence est assourdissant. Toute la forêt s'est livrée dans ce piège. Mais prisonnière. Et menacée. Je vois au loin une branche immense tomber, puis une autre, et le danger se préciser, se resserrer. C'est comme une évidence : le sortilège doit engendrer sa propre mort, le présent absolu prendre déjà la forme fracassée d'un souvenir, que l'on aura du mal à dire avec des mots, ou bien en citant seulement ce titre d'un livre norvégien qu'on aime bien. *Palais de glace*.

Le lendemain, joie : les cars de ramassage ont renoncé, pas de cours au collège. Mais catastrophe en même temps – souvent, c'est comme ça – le fuel a gelé dans les tuyaux. Pas de chauffage dans la maison. On va vivre dans la cuisine. Martine a trouvé la solution. Elle va faire des gâteaux, pour maintenir la chaleur du four. Vincent est tout petit. On s'est engoncés tous les trois dans plein de pulls. L'ordre des jours est bousculé, on est inquiets aussi, mais c'est une fête d'être comme ça ensemble. Tout à l'heure j'irai dans la cour tenter de réchauffer les conduites avec un séchoir à cheveux, mais un toc toc à la porte : un ami passe en revenant du collège, et puis deux amies. Un premier quatre-quarts est déjà cuit, on le mange tous ensemble sur les bancs de la cuisine où flotte une odeur de citron et de café.

C'est bien, ces années soixante-dix. Les garçons ont les cheveux longs, les filles des robes à carreaux, on nourrit tous des rêves de création et on est profs, une vie toute simple et toujours pleine de ces « qu'est-ce que vous faites ce soir ? » qui se termineront en repas de fortune partagés.

Et aujourd'hui, pendant que je revis ces heures de 78, Vincent et les siens sont confinés dans leur appartement à Paris. Jamais autant ensemble. Jamais aussi inquiets. Jamais si bien je crois.

Le malheur, c'est de perdre quelqu'un. Le bonheur, c'est d'avoir quelqu'un à perdre.

Il y a des phrases qui vous cherchent, et on ne le sait pas. Des phrases avec des mots très simples. J'écrivais depuis dix ans déjà. Je rédigeais mon troisième livre publié, *Le Bonheur : Tableaux et bavardages*. Le premier texte était venu comme une évidence. Cette scène, pendant les vacances, dans les Landes. On déjeune avec Martine et Vincent sur la petite terrasse de la location. Je vais chercher le pain dans la cuisine. Le propriétaire a collé un papier translucide sur le bas de la fenêtre, on ne sait pour protéger quelle intimité. Ils ne me voient pas et je les vois, flous dans le soleil. Ce coup de poignard. Je ne serai jamais plus heureux que maintenant. Ça, c'est l'idée de cette scène, et la joie, la tristesse, la fierté de l'avoir pensé. Mais ce n'est pas *la* phrase. Elle ne me viendra qu'une centaine de pages plus loin. Comme une évidence effrayante. *Le bonheur, c'est d'avoir quelqu'un à perdre.*

C'est la phrase de ma vie. Avoir quelqu'un à perdre est le seul vrai privilège. Beaucoup de gens doivent vivre après avoir perdu le quelqu'un ou les quelques-uns qu'ils avaient à perdre. Et d'autres ne l'ont ou ne les ont jamais trouvés. Les mots harmonie, paix, équilibre, sérénité, plaisir, joie peuvent avoir un sens pour eux. Mais pas le mot bonheur.

Mon tempérament de spectateur, d'observateur du spectacle, m'a poussé jusqu'au minimalisme. Le succès de *La Première Gorgée de bière* m'a fait ranger du côté des épicuriens, voire des hédonistes. Je ne renie nullement un accord avec les choses, avec les instants suspendus. Peu doué pour comprendre, j'aime regarder, sentir, et même parfois devenir ce qui m'entoure. Ce n'est la source d'aucune sagesse, d'aucun didactisme. Car cette disposition à goûter, à arrêter le cours, est indissociable d'une anxiété latente.

Mon inquiétude. Ma belle inquiétude. Longtemps, j'ai cru salutaire d'essayer de l'atténuer, de la réprimer. Elle devient parfois phobique, et je n'y peux pas grand-chose. Elle concerne toujours les gens que j'aime, ceux dont la vie m'est essentielle. Une de ses premières manifestations remonte à l'époque où mon frère et ma sœur ont quitté la maison. J'avais douze ans. Eux vingt-trois et vingt-deux. Ils étaient partis en Bretagne, et nous habitions la région parisienne. Quand je mettais la table, je prenais garde à disposer le tranchant du couteau vers l'est, et non vers l'ouest. Je m'appliquais à ne pas marcher sur la frontière des carreaux du sol, je voyais là un danger d'accident pour eux. Un jour, nous étions allés rejoindre ma sœur Simone à Quimperlé. Habituée à nager longtemps, elle s'était éloignée du rivage. Avec Maman, je l'attendais sur la plage, au Pouldu je crois. On ne voyait plus que la toute petite tache noire des cheveux de Simone à l'horizon. Cette angoisse de silence entre Maman et moi. Ça dure tellement. Et puis la tache insensiblement se remet à grandir. Cette délivrance inouïe.

L'inquiétude commence avec la distance, et l'imagination. Dès que Martine s'éloigne, je sens la brûlure en moi. Mais nous ne nous quittons guère. C'est pour Vincent que ma crainte a pris des proportions presque maladives. Quand il est parti à Rouen, il donnait un coup de fil tous les jours. Il y avait un après et un avant de la journée. C'était absurde de me sentir si bien après, comme si rien n'était plus à redouter. « Vincent a appelé ? » était la phrase prononcée chaque fois que je revenais du collège. Les premières années, le téléphone portable n'existait pas encore. Le mobile a dilué l'angoisse sans la dissiper. C'est un objet magique et redoutable, il a le pouvoir de supprimer la peur, et donc de la susciter.

Désormais, mon inquiétude suit aussi les trajets de mes petits-enfants Sacha et Simon, les vols de leur maman Virginie quand elle part pour un séminaire. Je les imagine, et j'apprends souvent après que je me suis trompé, que je n'ai pas eu peur au bon moment, mais cela ne me guérit pas. Aujourd'hui, ils sont enfermés dans leur appartement parisien par l'épidémie. Je sais que je les aime parce que je pense à eux tout le temps. Je sais que je suis heureux parce que je m'inquiète pour eux tout le temps.

Où sont les enfants ? Ce texte de Colette est le plus beau qu'on ait écrit sur l'inquiétude. « J'aimais tant l'aube, déjà, que ma mère me l'offrait en récompense. » Oui, l'auteur de *La Maison de Claudine* avait une mère comme ça, une mère qui laissait son enfant de dix ans partir toute seule pour aller au bord des étangs en quête de lumière, à cinq heures du matin. Une mère qui n'empêchait pas ses deux garçons de braconner, de se baigner n'importe où. Une mère indigne en apparence, mais qui passait toute sa journée à répéter « Où sont les enfants ? ». Une mère qui donnait la liberté, et gardait l'inquiétude.

Est-ce que ça existe, une mère comme ça ? J'aimais bien poser la question à mes élèves, quand nous avions fini de commenter le texte. Et surtout, est-ce que pour vous ce serait la mère idéale ? Les réponses étaient toujours plus variées que je ne l'imaginais, a priori. Mes collégiens avaient l'âge où l'on commence à demander des permissions. Mais même là, tout n'était pas si simple. Ou bien l'on demande les permissions que l'on croit pouvoir obtenir, ou bien l'on demande les permissions que l'on sait impossibles. L'enjeu n'est pas le même. Et puis tous les adultes ne sont pas fiables, les enfants le savent bien. Certains parents érigent en principe éducatif un libéralisme qui les arrange bien. D'autres sont toujours sur leur dos, contrôlent de très près leurs devoirs, leurs lectures, leurs résultats scolaires. Ex-élève paresseux devenu prof, j'avais du mal à envier mes élèves de connaître une époque où les parents pouvaient accéder tout de suite à leurs échecs ou à leurs réussites. Cela avait tellement compté pour moi de cacher une mauvaise note très longtemps, de m'en faire tout un cinéma épique, de finir par l'avouer, pensant faire preuve de diplomatie perverse en l'assortissant d'un bon résultat dans une autre matière – sans croire vraiment moi-même que le bon pouvait effacer le mauvais.

Les contraintes jugées excessives pesaient, et la trop grande liberté aussi, d'une autre manière. Était-ce par amour-propre ? La plupart de mes quatrième ou troisième trouvaient toutefois que leurs parents se situaient dans une norme supportable, bien éloignée cependant de la Sido de Colette. Mais l'inquiétude ? Ils finissaient presque toujours par dire que l'inquiétude c'était bien, quelque chose qui augmentait la vie, faisait la vraie frontière entre s'aimer un peu et s'aimer tout à fait. Un souci, une crainte, quelque chose de négatif au premier regard, mais la seule manière de dire avec pudeur que l'on ne vivrait pas sans l'autre, que l'imagination est plus forte que l'absence. Et tant pis si elle se trompe, sécrète des images qui n'ont rien à voir avec la réalité. « La peur n'évite pas le danger », dit la sagesse populaire. Mais c'est plutôt de la folie populaire ici. Bien sûr que la peur pour ceux qu'on aime a tout son rôle à jouer sur terre, et seule sait leur dire combien ils sont aimés.

Ce n’est pas le Canyon du Colorado qui fait le relief de la vie, c’est le goût du bonheur et son inquiétude.

Il y a quelques mois, je disais à Simon que nous étions vraiment une petite famille. Il ne répond rien sur le coup, prend un petit air pensif. Au bout d'un assez long moment, d'un ton résolu :

– Si on était plus nombreux, il y aurait des embrouilles !

Depuis, le confinement nous a éloignés, eux dans leur appartement parisien, nous en Normandie. Vincent m'envoie un texto. Il me raconte que l'autre jour, pendant leur heure de promenade, il parlait à Sacha de ce que ça devait nous faire, à Martine et à moi, ces nouvelles règles, cette nouvelle façon de vivre :

« Tu fais toute une vie, tu connais les années cinquante, soixante, soixante-dix, quatre-vingt… tu connais le monde, en tout cas ta manière d'y participer, et là, boum : un truc si différent, auquel il faut s'adapter… »

Vincent évoque le silence de Sacha, puis sa réponse :

– Bah, c'est bien, je trouve.

C'est bouleversant, cette façon qu'ont les enfants de prendre à contre-pied tout ce qu'on croit savoir de leur maturité. Bien sûr, ce n'est pas la première fois, mais à chaque fois on est surpris. On ne peut s'empêcher de penser qu'ils accèdent à la profondeur, alors qu'ils sont comme nous : ils vivent en même temps sur plusieurs registres. Ce que nous appelons chez eux des préoccupations enfantines n'est pas plus infantile que les codes spécifiques des adultes. J'ai été horrifié d'entendre un jour un de nos ministres de l'Éducation dire dans un discours : « L'enfant, ce petit homme en devenir… » Non, pas en devenir, et pas petit.

J'aime bien l'idée de ce silence, avant les phrases de Simon et de Sacha. Si je devais qualifier le contenu de leur réponse ensuite, je dirais qu'ils s'y sont montrés plus adultes que moi. Et qu'en tout cas, en entendant Simon, en imaginant Sacha, j'ai eu comme eux l'envie de marquer un silence avant de leur répondre.

On le sent, on le voit. Il y a un âge où l'on ne séduit plus. On ne fait plus partie du jeu. On ne vous regarde plus. Une rationalité élémentaire devrait faire éprouver ce nouvel état comme s'il était irrémédiable. Mais la rationalité et les humains ne font pas bon ménage. En fait, ce temps où l'on ne séduit plus, on le vit comme un retour au temps où l'on ne séduisait pas encore.

C'est un monde qui est ôté, mais aussi un monde qui est rendu. Plus de nécessité de s'évaluer, de connaître son prix. Plus d'adéquation imposée entre ce que l'on peut désirer et ce que l'on désire. Plus de perspective dessinée, respectée. Plus de ligne droite devant soi. Cela serait déjà beaucoup. Mais s'y ajoute bientôt la sensation de goûter, de désirer autrement, et plus encore la certitude de bien la connaître et de la retrouver.

J'ai éprouvé cela en regardant le bord de la gouttière, à San Giacomo dall'Orio. Il y a une abside toute ronde contre l'église, peinte de cette couleur orangée un peu écaillée qui va si bien au vert des feuilles des platanes et à celui plus sombre des volets, tout près. En haut, des ballons retenus par la gouttière. Au fil des ans, ils disparaissent quelquefois – un fort coup de vent, le zèle d'un sacristain armé d'un manche télescopique ? Ici, les jeux des enfants ne cesseront jamais, comme les bavardages des vieux assis sur les bancs rouges. Il y a ce moment, sur un coup de pied, dans l'exaltation de la partie, où l'on perd le ballon, où il monte sur le toit de l'abside, y rebondit ; puis redescend dans la gouttière et y reste bloqué. Ils sont cinq ou six comme ça, des ballons de plastique dans des tons vifs, rouge, jaune, bleu. Impossible pour les enfants d'aller les chercher. Ils en deviennent un peu sacrés. Il y a eu des cris, des regrets, du silence, et le temps a passé sur les belles après-midi de fin d'été, après l'école. Le monde est rond.

San Giacomo est devenu le parfait centre du monde. Cette certitude que tout m'y veut du bien, que le temps ne passe plus. Les ballons dans la gouttière n'y sont pas pour rien. Au fil des ans, j'ai déchiffré un peu ce que je croyais être un pur présent. Pourquoi ici ? Le désir absolu du cercle et bien davantage encore le volume du rond peuvent revenir quand on n'est plus dans la tension du monde, quand on se fond dans le désir puisqu'on n'est plus désirable. Alors on peut redevenir tous les ballons de son enfance.

Les plus forts et les plus étranges, ceux des fils électriques. On me disait qu'ils servaient de repères aux avions, pour qu'ils ne descendent pas trop bas, au risque de casser les fils. Des sphères alternées, mystérieuses, une rouge framboise, une rouge argenté. Ils étaient suspendus dans le ciel, inaccessibles. Les rouges à l'éclat métallique, un peu acidulé, me faisaient battre le cœur. Même si l'un tombait par miracle à mes pieds, je n'aurais pas pu le toucher, il aurait été chargé d'une électricité foudroyante, mortelle. De purs ballons de rêve.

Des ballons douloureux, ceux des kermesses, où leur envol était l'objet d'un concours. On attachait à la ficelle une petite carte avec son nom, son adresse, son pays – oui, on pouvait rêver que le ballon dépasserait les frontières. Celui qui irait le plus loin gagnerait, bien sûr, mais quelle chance de réponse ? Quelle mélancolie de penser à ce ballon tombant dans l'anonymat d'une mer hostile, ou dérivant à l'infini sur la paroi d'un sommet enneigé ! Et cet instant où il n'était qu'un point, bientôt bu par le ciel.

Et puis *Le Ballon rouge*. J'ai vu le film quand j'avais huit ans. Son héros, Pascal, avait mon âge. Un ballon rouge avec une ficelle blanche devient son compagnon. Il le suit partout sans se laisser saisir. Le film est en couleurs, mais le Paris peu ravalé des années cinquante, à Ménilmontant, crée une sensation de décor en noir et blanc. La vie de Pascal, avec seulement une mère âgée, ou même peut-être une grand-mère, on ne sait pas trop, une vie sans copains, tout à coup ensoleillée par ce ballon à la fois amical et sauvage, qui l'approche et se fait désirer, mais ne se laisse pas posséder. Pascal est seul et différent, mais l'amitié de ce ballon d'un rouge éclatant cristallise ses difficultés avec les adultes. Le directeur de l'école croit que Pascal, ou le ballon, ou les deux, se moquent de lui. Avec les gamins du quartier, c'est pire encore. Pascal est jalousé, devient l'ennemi, il est pourchassé dans les ruelles et sur les terrains vagues. Un garçon atteint le ballon rouge avec la pierre de sa fronde. L'image du jouet crevé et fripé aux pieds de Pascal est désolante. La petite troupe hostile se volatilise honteusement, comme après un drame. Pascal reste assis en tailleur, prostré, le ballon mort à ses pieds. C'est triste, ces petites boursouflures, comme une peau brûlée, souffrante. Alors se déclenche un mystère. De tous les coins de Paris des ballons échappent à leur vendeur et accourent vers Pascal. Surpris, le garçon retrouve bientôt le sourire en saisissant comme il le peut toutes les petites cordelettes blanches, dans une ivresse brouillonne. Et il s'envole vertigineusement dans le ciel de Paris.

Ce sont les dernières images du film. Une fin heureuse ? Ces images féeriques sont à la fois un enchantement et un malaise. Je le revis aujourd'hui comme quand j'avais huit ans.

Mes petits-enfants médusés regardent le mur du bureau où le vidéoprojecteur diffuse *Le Ballon rouge*. Il y a les aspérités de la peinture, la place marquée d'un tableau enlevé pour passer le film. C'est un peu comme les bombements du rideau où s'échappent les images de la lanterne magique dans *Du côté de chez Swann*. L'inquiétude d'un ailleurs gagne l'intimité rassurante de la maison refermée sur ses rites. Pascal montant dans le ciel de Paris glisse dans un espace-temps différent, sans rémission, sans ancrage. Voulait-il à ce point échapper à la vie ? Ce n'est pas un hasard. Les deux films mythiques de mon enfance se terminent de manière énigmatique, heureuse en apparence, et profondément angoissante. *Crin-Blanc* et *Le Ballon rouge* ont été constamment associés. Un cinéma parisien les a gardés ensemble à l'affiche pendant des dizaines d'années – avant qu'ils ne soient édités en DVD, toujours en couple. Le fils d'Albert Lamorisse, leur réalisateur, joue le rôle de Pascal dans *Le Ballon rouge*, et celui du petit frère de Folco dans *Crin-Blanc*. *Crin-Blanc* est réalisé en noir et blanc, et sort en 1953, *Le Ballon rouge* en couleurs, en 56. Parfois, on entend des gens se demander s'ils rêvent en noir et blanc ou en couleurs. Moi, c'est la question que je me pose à propos de mon enfance.

C'est du sérieux en tout cas, et même de l'immense, et du vertigineux. Folco n'échappe à la barbarie des manadiers qu'en disparaissant dans les eaux du Rhône accroché au cou de son cheval. Et Pascal ne trouve le bonheur que dans l'envol d'un exil. Je sais qu'il y a cela aussi dans la sérénité des ballons accrochés à la gouttière, à San Giacomo. Ce n'est pas une paix pour s'assoupir mais pour brûler encore, croire à tous les ailleurs. Vivre à nouveau de cette fièvre ancienne.

Vulnerant omnes, ultima necat. Toutes blessent, la dernière tue. Il s'agit des heures, évidemment. C'est écrit dans le marbre, ou sur la pierre, sous les cadrans solaires. Comme tout ce qui est gravé en latin, la formule s'impose, et semble d'autant plus vraie qu'elle intime l'humilité, paraît indiscutable en vertu même de sa sévérité – les hommes croient toujours aux messages qui leur disent qu'ils ne sont que poussière.

La dernière tue, c'est indiscutable, du moins en apparence. Mais toutes blessent, non. La formule nous culpabilise, nous reproche notre oubli de la mort. Les heures sont ce que nous en faisons. Elles sont magiques. Elles nous inventent, et sont d'autant plus notre propriété qu'elles ne nous appartiennent pas. Car ce n'est pas vrai que nous oublions la mort. Nous sommes plus beaux, plus grands que ce pessimisme arrogant. Nous faisons seulement semblant d'oublier que nous mourons, que nous mourrons. La quête du bonheur n'est rien de plus, et c'est cela qui fait sa gravité, qui donne le frisson. Coincés dans une souricière, les hommes jouent jusqu'au bonheur l'héroïsme de la légèreté. Et c'est tellement plus fort et plus subtil que la mort.

C'est un moment spécial dans ma vie, un trajet particulier. Je l'ai parcouru quinze fois au moins, vingt fois peut-être. Pas plus de deux cents mètres. Je sors du métro à la station Pigalle, je monte l'escalier, je prends la contre-allée centrale. C'est un instant de présent infini, si léger, une allégresse. Je marche lentement, je n'ai pas envie que ça passe trop vite, mais tout au fond de moi je vole. C'est un présent de plume, plus aérien de porter sur ses ailes toutes les attentes, tous les espoirs et les mélancolies. Je vais voir Vincent chanter à La Cigale.

Une photo punaisée sur le mur d'images, au-dessus de mon bureau. Un clair-obscur. Le tiers de l'image en bas est complètement sombre, d'un brun presque noir. La partie haute montre un ciel encore bleu, éclairé par une frange de lumière jaune orangé venue du sol. La clarté qui persiste un bon moment, quand le soleil s'est déjà couché dans la mer. On ne voit pas l'Océan. La photo est prise un peu en contrebas, dans la dune. La ligne d'horizon dessine un moutonnement doux et régulier. Tout à fait à droite, de dos, assez éloignées du photographe, deux silhouettes, aux jambes mangées par la nuit. On voit, on devine plutôt que je tiens Martine par l'épaule. Deux petites silhouettes d'ombre découpées dans la clarté finissante.

C'est l'été dernier dans les Landes. Une photo de Vincent, c'est ça qui compte. C'est lui qui nous regarde et qui nous voit, donne la profondeur de champ, et puis une autre profondeur. Il aime ce moment des vacances d'été que nous passons tous ensemble. Il aime que nous revenions dans les Landes, où il a des souvenirs d'autres vacances déjà si lointaines. Il aime les soirs d'été qui n'en finissent pas. Il aime voir un couple, quand il regarde ses parents comme ça, de loin, de dos. Il aime son présent, et il a peur du temps qui passe. Une photo presque abstraite, et qui contient à peu près tout. Le soleil s'est couché depuis longtemps. Les enfants ont beaucoup couru. On va rentrer.

Le vieux cognassier, juste derrière la maison. Par la fenêtre de la cuisine, on ne voit que lui. Pour combien de temps ? Quand je suis arrivé, il semblait déjà menacé, il y a près de quarante ans. Ses branches tellement vert-de-grisées, tordues, avaient l'aspect du bois mort qu'on trouve sur le sol, dans les forêts. Mais surtout, son tronc court, épais, était fendu en deux, comme s'il allait se partager, s'abattre. Pendant plusieurs années j'ai cru le soulager avec un étau en bois. Les deux parties ne se rapprochaient pas – j'ai enlevé l'étau. La blessure est béante, géante, ligneuse, échevelée et blonde. L'arbre ne tombe pas. La première année déjà, cela sembla un miracle de voir les bourgeons arriver. En grandissant ils métamorphosaient au fil des jours l'espace du jardin. Très vite, on ne voyait plus à travers. Et puis il y eut les fleurs. Pendant huit jours au moins, elles restent en cônes torsadés. Leur progression est infime, mais elles ressemblent de plus en plus à une glace italienne panachée vanille-fraise. Après, leur éclosion est trop parfaite, en avalanche rose pâle, si diffuse et fragile. Monet l'a saisie. On s'inquiète vite du premier coup de vent, de la première pluie. On a raison. La fleur épanouie du cognassier ne tient pas, s'en vient joncher le sol à la première alerte. Les semaines qui suivent ne dissipent pas les soucis. Car les feuilles elles aussi ont leurs problèmes. D'abord très denses, elles s'éclaircissent, montrent des taches blanches qui font songer à celles des rosiers. Il y a toujours un érudit horticole pour vous confirmer : « Ce sont aussi des rosacées ! »

Le très vieux cognassier passe à peu près l'été, un peu déplumé, sans excès de santé. Mais la fin du mois d'août ranime les étonnements et les espoirs. Chaque année c'est pareil. Mais oui, il va encore donner des fruits. Parfois on craint qu'il n'en fasse trop, que ce ne soit cette fameuse dernière abondance qui annonce une mort programmée. Il n'en est rien, et l'on croise les doigts. Le coing est un fruit étonnant, avec son jaune mat sous une couche pelucheuse. Très doux au toucher, mais pas irritant comme la pêche. Si lourd, il aime s'affaler dans l'herbe. Si dur, il résiste même au couteau. Mais on ne saurait concevoir une compote de l'automne sans ce troisième fruit qui fait toute la différence avec la poire et la pomme. La vie est accomplie quand on peut déguster la compote aux trois fruits d'automne.

Le cognassier nous fut d'abord une tonnelle. En se penchant un peu, on pouvait y glisser une chaise longue, et lire au frais et au caché.

Et puis Sacha et Simon en firent leur territoire d'escalade préféré. Beaucoup de branches basses. Suffisamment escarpées pour offrir en cours d'ascension d'étonnantes haltes où des enfants légers pouvaient s'asseoir, et prendre leur goûter. L'arbre n'est pas très haut, mais assez pour justifier ces inquiétudes adultes qui font les délices des petits, et signent la qualité de leur aventure. Au sommet, les ramifications sont presque inextricables, mais ils arrivent toujours à passer le visage, triomphants. Une année, Sacha devait avoir six ans, et arrivant à la maison, avant toute chose, il a couru vers le jardin en lançant « J'ai rendez-vous avec un arbre ! ».

Leurs rendez-vous sont devenus plus espacés, mais ils aiment toujours y prendre le goûter – le plaisir de la perpétuation d'un rite. Le pré a connu de fameuses tempêtes, cette année encore, mais le cognassier éventré a résisté. Vers le 20 août, j'espère toujours pouvoir me désoler de cet excès promis de fruits qui fait ployer les branches. Une façon de conjurer le mauvais sort en l'invoquant. Si j'y pense sans faillir, ça ne sera jamais la dernière abondance.

Oui, je rêve souvent à ce que j'ai déjà. C'est une chance d'être ainsi. Mais ça serait folie d'être autrement.

Pendant si longtemps j'ai été amoureux, et le principe même de mon amour était que l'on ne pouvait être amoureux de moi. Plus tard et pendant si longtemps j'ai été incapable de trouver les mots pour parler aux filles à qui je plaisais. Alors, rencontrer la fille de ma vie, passer toute ma vie avec elle, ce serait contre nature de trouver ça normal. Je rêve d'être aimé.

Pendant si longtemps j'ai vécu par les livres. Plus tard, et pendant si longtemps, j'ai mythifié la forme physique des livres, et j'ai mis si longtemps à pouvoir y enfermer un peu de moi, alors comment y croire tout à fait ? Je rêve d'être écrivain.

Je ne sais pas si j'y suis parvenu. C'était un peu une gageure. Dire ce que tout le monde doit sentir, mais plus ou moins je crois. Tenter de l'écrire n'a fait que renforcer ce sentiment. Je n'ai pas l'impression d'avoir été enfant, adolescent, homme d'âge mûr, puis vieux. Je suis à la fois enfant, adolescent, homme d'âge mûr, et vieux. C'est sans doute un peu idiot. Mais ça change tout.

DU MÊME AUTEUR

Le Bonheur, tableaux et bavardages
Le Rocher, 1986, 1998
et « Folio », n° 4473

Le Buveur de temps
Le Rocher, 1987, 2002
et « Folio », n° 4073

Les Amoureux de l'Hôtel de Ville
Le Rocher, 1993, 2001
et « Folio », n° 3976

L'Envol
Le Rocher, 1996
Magnard, 2001
et « Librio », n° 280

Sundborn ou Les Jours de lumière
Le Rocher, 1996
et « Folio », n° 3041

La Première Gorgée de bière
et autres plaisirs minuscules
Gallimard, « L'Arpenteur », 1997

La Cinquième Saison
Le Rocher, 1997, 2000
et « Folio », n° 3826

Il avait plu tout le dimanche
Mercure de France, 1998
et « Folio », n° 3309

Paniers de fruits
Le Rocher, 1998

Le Miroir de ma mère
(en collaboration avec Marthe Delerm)
Le Rocher, 1998
et « Folio », n° 4246

Autumn
Le Rocher, 1998
et « Folio », n° 3166

Mister Mouse ou La Métaphysique du terrier
Le Rocher, 1999
et « Folio », n° 3470

Le Portique
Le Rocher, 1999
et « Folio », n° 3761

Un été pour mémoire
Le Rocher, 2000
et « Folio », n° 4132

Rouen
Champ Vallon, 2000

La Sieste assassinée
Gallimard, « L'Arpenteur », 2001
et « Folio », n° 4212

Intérieur : Vilhelm Hammershøi
Flohic, 2001

Monsieur Spitzweg s'échappe
Mercure de France, 2001

Enregistrements pirates
Le Rocher, 2004
et « Folio », n° 4454

Quiproquo
Le Serpent à Plumes, 2005
et « Petits Classiques Larousse », n° 161

Dickens, barbe à papa
et autres nourritures délectables
Gallimard, 2005
et « Folio », n° 4696

La Bulle de Tiepolo
Gallimard, 2005
et « Folio », n° 4562

Maintenant, foutez-moi la paix !
Mercure de France, 2006
et « Folio », n° 4942

À Garonne
Nil, 2006
et « Points », n° P1706

La Tranchée d'Arenberg
et autres voluptés sportives
Panama, 2007
et « Folio », n° 4752

Au bonheur du Tour
Prolongations, 2007

Ma grand-mère avait les mêmes
Les dessous affriolants des petites phrases
« Points Le Goût des mots », 2008 et 2011

Quelque chose en lui de Bartleby
Mercure de France, 2009
et « Folio », n° 5174

Le Trottoir au soleil
Gallimard, 2011
et « Folio », n° 5403

Écrire est une enfance
Albin Michel, 2011
et « Points », n° P2976

Je vais passer pour un vieux con
et autres petites phrases qui en disent long
Seuil, 2012
et « Points », n° P3230

Les mots que j'aime
« Points Le Goût des mots », 2013

Elle marchait sur un fil
Seuil, 2014
et « Points », n° P4070

La Beauté du geste
Seuil, 2014
et « Points », n° P4668

Les Eaux troubles du mojito
et autres belles raisons d'habiter la terre
Seuil, 2015
et « Points », n° 4422

Journal d'un homme heureux
Seuil, 2016
et « Points », n° P4687

Et vous avez eu beau temps ?
La perfidie ordinaire des petites phrases
Seuil, 2017
et « Points », n° P4932

L'Extase du selfie
et autres gestes qui nous disent
Seuil, 2019
et « Points », n° P 5274

Le Buveur de temps
(intégrale des romans)
Robert Laffont, « Bouquins », 2020

EN COLLABORATION AVEC MARTINE DELERM

Les chemins nous inventent
Stock, 1997
et « Le Livre de poche », n° 14584

Fragiles
Seuil, 2001 et 2010
et « Points », n° P1277

Les Glaces du Chimborazo
Magnard Jeunesse, 2002, 2004

Paris, l'instant
Fayard, 2002
et « Le Livre de poche », n° 30054

Elle s'appelait Marine
Gallimard Jeunesse, « Folio Junior », n° 901, 2007

Traces
Fayard, 2008
et « Le Livre de poche », n° 32381

Secrets d'albums
Seuil, 2016

POUR LA JEUNESSE

En pleine lucarne
Milan, 1995, 1998
et « Folio Junior », n° 1215

C'est bien
Milan, 1995
et Milan poche, « Tranche de vie », n° 37

Sortilège au Muséum
(illustrations de Stéphane Girel)
Magnard, 1996, 2004
et « Folio Junior », n° 1707

La Malédiction des ruines
Magnard, 1997, 2006

C'est toujours bien !
Milan, 1998
et Milan poche, « Tranche de vie », n° 40

Ce voyage
Gallimard Jeunesse, 2005

C'est trop bien
Milan, 2017

RÉALISATION : NORD COMPO À VILLENEUVE-D'ASCQ
IMPRESSION : NORMANDIE ROTO S.A.S. À LONRAI
DÉPÔT LÉGAL : JANVIER 2021. N° 134286 (2004120)
Imprimé en France